守望
生命的绿洲

梁耘·著

中国言实出版社

图书在版编目(CIP)数据

守望生命的绿洲 / 梁耘著 . -- 北京：中国言实出
版社, 2023.12

ISBN 978-7-5171-4710-7

Ⅰ.①守… Ⅱ.①梁… Ⅲ.①长篇小说－中国－当代
Ⅳ.①I247.5

中国国家版本馆 CIP 数据核字 (2024) 第 001301 号

守望生命的绿洲

责任编辑：佟贵兆
责任校对：张　朕

出版发行：中国言实出版社

地　　址：北京市朝阳区北苑路180号加利大厦5号楼105室

邮　　编：100101

编辑部：北京市海淀区花园路6号院B座6层

邮　　编：100088

电　　话：010-64924853（总编室）　010-64924716（发行部）

网　　址：www.zgyscbs.cn　电子邮箱：zgyscbs@263.net

经　　销：新华书店

印　　刷：三河市华东印刷有限公司

版　　次：2024年3月第1版　2024年3月第1次印刷

规　　格：880毫米×1230毫米　1/32　7.5印张

字　　数：150千字

定　　价：69.00元

书　　号：ISBN 978-7-5171-4710-7

生命的航程虽然美妙，但也充满着不确定性和未知风险。

我们不能左右风的方向，但却可以调整风帆——选择我们的人生态度。

目 录

1

第一部　初　心

这是一个万花筒般的世界。

"时间就是金钱，效率就是生命""别让孩子输在起跑线""别等病入膏肓才养生"……充斥着物质刺激和广告营销的土壤，无一不在催生着人们的欲望，又无一不在制造着人们的焦虑。与此同时，无时不有的网络碎片信息和手机短视频等"电子快餐"又给底层无聊、无奈的人群打发时间，提供精神慰藉。一部分人娱乐至死，一部分人在虚拟世界偷生；一部分人奋力逆袭，一部分人选择躺平，而更多的人则在负重耕耘。他们中还有一部分人历经沧桑，看透了人生，却在日新月异的高科技生活面前，无所适从。孤独和焦虑像个毒瘤在社会肆意地蔓延，让很多人猝不及防。刚退休不久的石诚很不幸成了这支孤独和焦虑大军中的一员。

人称老石头的石诚虽年过六十，但身板硬朗，精力充沛，走起路来风风火火。当然，他也没把自己当成一个老人来处事。虽然个头不高，身材清瘦，但他总是想象着自己身材伟岸，出场总把自己当个人物。然而，现实生活常常让他打脸。退休后，人走茶凉，门前冷落。经历了人世冷暖，看惯了秋月春风，石诚虽有点失落，但还不至于因此闹心。闹心的是，城市日益增多的钢筋混凝土高层建筑让邻里对面不相识；无处不在、无事不用的网络让人与人之间的交流日渐电子化而没有温度。退休居家的老石头为了排解孤独，除了看书，他还想写点什么来寄语后人。在上网搜集材料时，他惊讶地看到孤独和焦虑这两个幽灵不仅在城市上空徘徊，而且正加速向农村飘去。不仅在中老年人群中攻城略地，而且在向青少年肆意侵袭。尤其令他长期不能释怀的是，几年前，一位15岁，正值花样年华的江西男孩从24楼纵身跳下与世界决绝，并留下一纸遗书："我曾经给这个世界带来不少欢乐，但却无法为自己带来快乐。"他想，这个世界怎么了？现在不愁吃，不愁穿，物质极其丰富，却很难得到人们期待的幸福。网上关于这方面的信息和观点汗牛充栋，五花八门。对这些他都不以为然。石诚一生的经历告诉他，要用自己的眼睛和脑袋来观察和思考这个世界。经过慎重思考，他决定走出家门，到社区当志愿者。他要重新融入社会，与年轻人交往并换位思考，要在生动的社会实践中寻找自己的答案。与以往不同的是，这次他既是作为劳动者的局内人，又是作为探究者的局外人。和他一起共事担任小区物业经理的是一位叫阿呆的年轻人。名叫阿呆，其实他并不呆，并且还是国外名牌大学的高才生。

　　说起阿呆，他还有一个显赫的背景——父亲是一位国内知名的大型房地产企业老板。他从小就在优渥的家境中长大，初中刚毕业，父亲就将他送到英国深造。在国外取得硕士学位后，他就应聘到国内一家高科技公司工作，三年不到，即进入公司管理层，月薪两万以上，相当于一个普通工人工资的四到五倍。老石头怎么也不明白，放弃年薪几十万的企业高管不干，也不去接老爸的班，他这不是真呆嘛！然而阿呆却说："在这个浮躁的世界里，最难也是最浪漫的事就是要把自己漂泊的灵魂安顿好，千金难买心安。我感觉，还是在这充满生活气息、有规律的劳动中踏实些。"看到石师傅有点不解，阿呆给他讲到此前自己在小区当保安时看到和听到的人生百态。他们这个小区是全市顶级富人区，出入小区的多是豪车，男女业主们也都是衣着光鲜，谈吐不俗。但夜深人静时，他们常常听到剧烈的争吵声，偶尔还有女人隐隐的哭声。这倒让老石头想起小时候父亲给他讲过的一个故事。说的是，以前一位富人家隔壁住着一对以卖豆腐为生的穷夫妻。一天，富人的老婆不解地问丈夫，为什么隔壁这家人穷得家徒四壁，还常常笑声不断？丈夫笑笑说，我叫他明天就不再笑了。于是，当晚，他隔墙丢了两根金条到邻家院子里。果然，第二天，在捡到金条短暂的狂欢后，随之而来的是夫妻两人不断地争吵，都说另一根金条要给自己的父母。争持不下后，到了晚上，夫妻二人又为金条藏在哪里最安全而忧心忡忡。从此，就很少听到夫妻俩的笑声了。

讲完这个故事后，老石头深有感慨地说道："我们曾经如此地渴望'吃不愁，穿不愁，电灯电话住高楼'的生活，如今都如愿了，却又感到若有所失。"

接触到石师傅探寻的目光，阿呆似有感悟地说："物质的富有并不一定能给人带来安宁和幸福。就像《次第花开》作者所言，有的人居无定所地过着安宁的日子，有的人却在豪华住宅里一辈子逃亡。"

"是的。"老石头接过话茬，"有时候，物质的富有远不如灵魂的安宁来得美好。"阿呆深以为然地点点头："石师傅，你们这批50后、60后历经折腾，却能'乐享人生'。您是从那一代走过来的人，您说，这是比较纯情的年代造就还是美好童年的滋养？"

　　风风火火工作这么多年，老石头虽然不止一次地听过、说过这样的故事，但却是第一次直面这个看似平常却隐含高深的哲学问题。他要重新审视自己走过的人生，力求从中悟出点什么。阿呆的这个看似无意实则有心的问话，打开了老石头尘封已久的记忆。

　　往事如烟，却又如近在眼前。石诚的思绪一下子跳回到半个世纪以前。他向阿呆娓娓道来他亲身经历的那些余温犹存的故事。

金色的童年是人生最美好的时光

在广袤的江淮平原，疏疏落落地分布着多数只有几十户人家的自然村。与城市轻车快马、繁华喧嚣的似水流年不同，缕缕炊烟演绎着庄户人家日出而作日落而息的人生长歌。

二十世纪六十年代初的初秋时节，江淮大地迎来了三年自然灾害后的第一个丰收年。这一天，天刚放亮，距离省城不远的石小郢已早早地升起了袅袅炊烟。

"嚯嚯嚯……""嚯嚯嚯……"随着生产队长哨音的响起，从各家各户陆续走出的睡眼惺忪的社员们手持镰刀，肩担扁担箩筐，先是三三两两，后又鱼贯而行，沿着几条小路向着丰收的田野走去。经历了三年自然灾害后，人们脸上现出了久违的笑容。

"诚子，起床了！"石妈妈停止了拉风箱，从灶间走出来隔着堂屋的墙喊道。

"哦，知道啦！"石诚一反常态地一骨碌从床上坐起来。平日，他都在妈妈有规律的"吧嗒""吧嗒"的做早饭拉风箱声中似醒非醒，然后又安然睡去。今天是例外，因为他要上学去！这年下半年，邻村办起一座仅有一位教师的乡村初级小学。

　　早饭后，他穿上妈妈用爸爸旧衣服翻改制作的新衣，背上用两片旧布头缝制的书包准备上学去。这时，同村同宗的石亦满和寄养在舅舅家的孤儿王年生等几位同辈兄弟已来到石诚家汇合。受其他几位家长委托，石妈妈今天向生产队长请了假，专门陪孩子们上学去。课桌是妈妈陪嫁时的梳妆台改制的。启蒙老师是本族的一位腿脚不灵光的世叔，据说这是小儿麻痹症落下的残疾。

　　"嘿嘿""嘿嘿""嘿嘿嘿"，看着一瘸一跛的老师，这些不谙世事的孩子们忍俊不禁。

　　"同学们好！欢迎你们到石塘初级小学来上学！我是你们的老师石劲松。你们就叫我石老师。今后我来教，你们学，我们要努力配合好。"

　　"老师，什么叫'配合'？"亦满第一个叫起来。"'配合'就是我们师生分工合作好，我——老师，认真教好，你们——学生，努力学好，我们共同完成学习任务。"石老师和蔼地说，"以后，我们每个同学发言都要先举手，老师同意了你才能站起来发言。"

　　就这样，他们开启了人生的第一课：汉语拼音"a、o、e，b、p、m"。

　　不知是老师的善良和热情感化了他们，还是师道尊严教化了他们，后来，他们都对老师尊重有加。记忆里，老师四十岁出头，个头不高但很结实，"国"字形的脸上永远带着笑容，一副洁白的牙齿和一丝不乱的黑发，让人感到干练又可亲。尤其是他上算术课时的严肃认真和上音乐课时的活泼天真竟然在一个人身上那么和谐统一。

当然，对老师的回忆，石诚记忆中还有一个抹不去的暗影，那就是老师手中的长略过一尺、宽不过二寸的戒尺。戒尺中央规则排列着六七个黄豆大小的空心眼子，一旦学生受罚，一板子打在手心上，立刻就会鼓起数个血泡，让你挨打的手持续火辣辣的疼。石诚的这个体验是在一个夏天中午下水塘游泳后。据说这是家长的重托：放学时老师在学生手心上写上钢笔字，如果下午上学时字没了，说明玩水或游泳了，就得重罚。因为这个戒尺每天上课时放在讲台上，使老师不怒自威。

最美好的回忆还是课外的时光。因为家庭作业很少，孩童们白天常玩"滚铁环""打弹子""拍纸牌""跳绳"等游戏，无忧无虑，其乐融融。晚上则玩兴更浓。晴天的夜晚，在皎洁的月光下，捉迷藏和"斗鸡"等游戏是永远玩不腻的。一遇阴雨天，大家则三三两两到石诚家串门戏耍。

石诚家坐北朝南，三间正屋外加一间小厢房，本不算宽敞，但好像永不知疲倦的石妈妈把家里打理得干净整洁，使这里常年成为村里人聚会的场所。石诚家也因此成为村中的一道风景。石妈妈是个乐善好施的人。人们有事无事地都要到这里来坐坐，甚至石家也是劳动间隙讨点水喝的首选。过了三年自然灾害，日子渐渐好起来以后，石家常有亲戚上门，吃饭时，如有邻里串门，石妈妈也拉人家一道作陪。虽然人们来前来后总要额外增加她一点劳动量和酒菜，但她常常是乐在其中。逢年过节，家中做什么好吃的，石妈妈总不忘叫小诚子送一点给隔壁的堂兄弟姐妹和鳏寡孤独的宗亲长辈。

作为情理上的有来有往，石家有事，邻里大叔大哥、大婶大嫂们都闻讯第一时间赶来帮忙。记得石诚家在全村第一家翻盖新房时，全村能帮上忙的男女老幼都来出力或搭个帮手，石家房前屋后都是忙碌的人，劳动号子和欢声笑语交融在一起，就像赶集那般热闹。石诚就是在这样邻里和睦的环境中度过了他温馨美好的童年。

最热闹的场景要算听"大鼓书"，由邻村或本村人家亲戚艺人无偿开讲。一副大鼓及简易鼓架外加一个带有小铃铛的快板就是全部出场道具。什么"梁山好汉一百单八将""桃园三结义""穆桂英挂帅""薛平贵征西"等父辈们耳熟能详的故事，永远都是新鲜的。孩童们自带小凳子半围着说书人坐下或席地而坐，门口和堂屋的角落或坐或站着三三两两的大人。说书者声情并茂、鼓乐齐鸣，听讲者犹如身临其境，如痴如醉，脚冻僵、腿蹲麻了也全然不知。

逢到节假日，除了稍大点的孩子帮助家里做些放牛、捡柴火等轻巧活外，大多孩子随下地劳动的家人在外玩耍。游泳似乎是孩子们的天性。一到夏秋，孩子们都到小河边或池塘里戏水，以至于几乎每年都能听到周边邻村谁谁谁家的孩子溺水身亡的噩耗。尽管如此，孩子们还是乐此不疲。石诚至今还清楚地记得六年级那年暑假，他和亦满、年生等小伙伴一起放牛到邻村的一个当家塘边，抗不住酷暑的炎热，经不住碧波的诱惑，亦满提议下水凉快凉快，但不到深水区游泳。不知怎么的，一时好奇，石诚想模仿大人们屏住气四肢不动躺在水上不下沉，结果，一不小心竟向深水区滑去，随即沉到水下大口大口地喝水，他茫然无措地在水中乱划。幸亏体力和水性都比他好的亦满奋力把他往岸边拽，最后在年生的协助下被拖上岸。在其他孩子的呼救下，闻讯赶来的大人们迅速将他俯卧在一口倒扣的大锅上，终于，"哇"的一声，石诚肚子里的水全吐出来了，人也苏醒过来。从此以后，石诚看到碧水深潭都心有余悸。

到了冬天，孩童们因衣着单薄大多待在屋内。一部分衣衫褴褛的孩子只能坐在被窝里下象棋或借着从门口射进来的一缕阳光打扑克。逢到寒冷的雨雪天，孩子们穿着鞋底下绑着特制拖板的"拖鞋"，条件稍好些的家庭的孩子穿着鞋底钉钉子、鞋帮子涂桐油的防滑防水的"钉鞋"串门玩耍，即使冻得直跺脚，也乐在其中。至今，石诚还能记得他们小时候用火柴盒涂上图案作扑克，用小石子贴上香烟盒上的纸片，写上"车、马、炮"作棋子，在地上用树枝画出的棋盘上打牌、下棋的情形，记得儿时的天空有想象不完的花样世界。

闲暇时，父亲还会适时教一些"百家姓""三字经""千字文"及"增广贤文"等国学启蒙知识。这一切都是在细雨润无声中完成的，没有硬性规定哪些诗文必须熟背。不知是出于好奇，还是打发富余的时间，闲来无事时，石诚、石亦满等孩童，还分别跟着村里大一点的叔叔、大哥们学习吹笛子、拉二胡、吹口琴，这是当时农村比较流行的三大课外文艺爱好。他们用石诚父亲的木工工具和竹竿、竹筒、竹衣及蛇皮等，就地取材制作笛子和二胡。为此还不远十多里到集镇买些琴弦、松香等给自制的乐器"画龙点睛"。制作乐器和演奏乐器一样其乐无穷。

童年的生活也会遇到一些晦暗的日子。石诚的父母都是普通农民，尤其是父亲忠厚老实，在生产队里几乎没有话语权。小石诚难免要遭受一些家有"队委会"背景、兄弟又多的孩子的欺负，常常是身上青一块紫一块的哭着跑回家。"他们说，石诚要是再不听话，就把他这根独苗铲除掉！"陪着石诚回家的年生在一旁说。"不哭，有妈妈在，他们不敢！……你要好好读书，长大有出息了，他们就不敢欺负你了。"石妈妈一边帮儿子擦眼泪一边安慰说。幼小的石诚似懂非懂地点点头，朦朦胧胧地意识到了读书的重要性。从此以后，他都勤奋学习，每年都拿到学校除体育之外的德育、智育最高奖项，成了父母的骄傲。

五年级时，石诚他们改上离家四五里外的完小。随着社会的进步，学校和课余生活都日益丰富多彩。除了体育课跳高、跳远、跑步和甩铅球等容易就地取材的体育活动外，篮球和乒乓球则是课余时间学生玩得最多的体育项目。土坯砌起的平台上，中间横放一排由断砖块组成的"球网"即为乒乓球台。因为"僧多粥少"，午饭后常常是一"台"难求。石诚、年生、亦满三人常常沉迷于打球而不回家吃饭。

到了五、六月份，农村俗称的"午季"是小麦和油菜收割的季节，学校照例是要放"忙假"的。孩子们回家帮助大人们放牛、拾粪、打猪草。牛背上的歌声是孩童们抒发自由快乐心情的惯常方式。年生天生一副好嗓子，一曲《歌唱二小放牛郎》唱得哀婉动听，引得小伙伴们齐声吟唱。也有"我们走在大路上""大刀向鬼子们头上砍去""雄起起，气昂昂，跨过鸭绿江"等耳熟能详的革命歌曲高亢激越，配上石诚的笛子、亦满的口琴伴奏，是孩子们自导自演的流动的露天音乐会，也为父辈们繁忙的收割劳动添加了一道悦耳的音符。

当然，童年的生活也有不和谐的音符。那就是，一个不大不小的"恶作剧"几乎坏了一个"好孩子"的形象。几十年后，石诚仍能清楚地记得，十三岁那年暑假的一天上午，他和年生一起放牛时看到生产队长家自留地里的西瓜长得又大又圆，想到这个凶巴巴的队长大叔平日里经常对社员们吼三喝四，就产生了"教训"一下他的念头。他俩一商量，由年生望风，石诚动手，将队长家的几个最大的尚未完全成熟的西瓜摘下扔到附近的水稻田里，然后若无其事地骑到牛背上唱起了《歌唱二小放牛郎》。生产队长当天中午收工回家后就发现自家田里的西瓜不翼而飞了。他不由分说地把村里两个熊孩子找来训话，恰好那天上午，那两个孩子也在那一片放牛。虽然队长也知道石诚和年生也在那一带放牛，但他想这不可能是两个一贯表现良好的本分的孩子干的！看到队长大叔左右两手各提着那两个玩伴的耳朵，大声地训斥，他想，是不是队长在杀鸡给猴看，让他们站出来？不像！因为队长始终没有朝他们看。最终他们没有站出来。不出意料的，那两个孩子被其父母狠狠地揍了一顿，逼着他们在家反省。回家后，那两个玩伴委屈和绝望的眼神一直在他眼前晃来晃去，他神情不定，茶饭不思。妈妈问他："是不是有什么心事？"他沉默不语，心里忐忑不安。他可以瞒过任何人，但他不能瞒着自己心爱的妈妈！经过激烈的思想斗争，他十分羞愧地向妈妈承认事情是他和年生干的。石妈妈先是一脸惊讶，知道事情原委后，则是不停地自责：自己平时没有多叮嘱孩子

"人家会说，这样的孩子缺少家教"。当小石诚申辩说他们并不是偷吃，而是要"教训"一下队长时，妈妈的态度一下子严肃起来："那就更不应该了！大人的事，小孩子不懂。生产队里那么多人，总有人不自觉。如果没有一个人拉下脸来得罪人，那不就乱了吗？再说，即使队长错了，也轮不到你们小孩子用这种方式'教训'，这不是错上加错吗？"妈妈边说边擦去石诚眼角的泪水："知道错了，改了就好！"说着便带上石诚和年生到队长家去认错。石妈妈笑着对队长说待自己家的西瓜成熟了，一定让他们家的孩子到家里吃个够。也许是事已过去，抑或是石母和孩子们的真诚的赔礼道歉，队长没有为难他们。然后，石妈妈带上石爸爸专门为此上街买的糖果糕点，和两个孩子一道到那两个孩子家登门赔礼。最终，在双方父母们的努力下，孩子们没有反目成仇。这事虽然过去了多年，但每当石诚想起时，都会警告自己：人不能做亏心事，否则一辈子于心不安！幸好当时在妈妈的鼓励下他们及时纠错，才能在今日坦然地面对儿时的玩伴。此后直到终老，在他的生涯中再也没有出现第二次这样让妈妈伤心的事了。

除了偶尔的不开心外，孩子们绝大部分时间都在无忧无虑中度过。闲暇时，他们跟父辈们学习一些地方戏曲，天性、童心常以这种田园牧歌的形式得以尽情地释放。

一年一度的春节"看戏"，就像鲁迅笔下的社戏，是孩童们的最爱。大年初三后，在人们的目光所及之处，远的五六里、近的一里，或者就在本村，只要见到高高飘扬的红旗，最先看到的孩子就会兴奋地高喊："×村要唱戏了！""×村要唱戏了！"大家一传十、十传百地在第一时间告知尽可能多的伙伴。其实他们期待的并不是戏的内容是否精彩，而是一到开演的前一两个小时，村民们从四面八方的田间小路鱼贯而入至戏场的热闹和锣鼓喧天的节日氛围。当然，条件稍好的家庭的孩子还期待父母能花几分或几角钱为他们买点糖果、甘蔗什么的。"看戏"还是成年未婚男女相互展示精彩的不可或缺的机会。崭新的服饰、精心的打扮、洋溢的笑脸，增加了几多"看戏"的吸引力。对于石诚家而言，期待"看戏"还有另一重意义。"看戏"时，妈妈和姐姐可以兜售一些自家制作的糖果、炒货，赚得的几块钱可以供石诚上学的费用和补贴家用。

可遇不可求的电影一年有一两次算是幸运的了。每当这时，石诚他们就早早地吃了晚饭，带上小凳子赶到五六里地开外的集镇一饱眼福。即使又是《地道战》《地雷战》《南征北战》这些看了几遍甚至十几遍的"老三战"经典老片，但每次都有不一样的新鲜感和快乐感。"各小组注意：打一枪换一个地方，不许放空枪！""高，高，实在是高！""不见鬼子不挂弦！""请你再坚持最后五分钟！"等经典台词大都伴随他们这一代人至今，常常成为苦中作乐的调味剂，让人借此勾起儿时的无尽回味。

春节是孩童们最温馨的回忆。进入农历腊月，大人们就陆续开始赶集置办年货，去往集镇的路上不管是双日"逢集"、还是逢单"背集"都是行人不断。集镇不分单双日的开始前所未有的热闹起来。到了腊月二十三"送灶神"，俗称"小年"，石爸爸总要在灶台上点上香，放些炒货，敬奉"灶神"，期望灶王爷"上天言好话，下界保平安"。过了小年，村子里就会不时响起孩子们燃放的一两串清脆的爆竹声，好像在提醒人们就要过大年了。这时，石爸爸开始做豆腐，石妈妈则准备炒年货，炒花生、炒瓜子、熬糖果之类。石爸爸做豆腐是把好手，他把原料黄豆洗净后放入水中，浸泡适当时间，捞出后再加一定比例的水，用石磨磨成生豆浆。接着用特制的布兜将磨出的浆液装好，然后用十字竹竿吊住四个布角，不停地将豆浆筛出来，尽量把浆汁筛干滤尽。最后将生豆浆放入大锅内煮沸，边煮边撇去上面浮着的泡沫和豆油。煮好的豆浆需要进行点卤以凝固。用石膏点卤是石爸爸的拿手绝活。不少人家即使做了多年，仍然不是把豆腐做老了，就是做嫩了。"要把豆腐做到老嫩适中，关键是要控制好卤水量，注意把握好火候。这火候全把握在手和眼的配合上。"石爸爸边做边说。当把木桶里的豆浆搅拌到快速旋转起来时，他适时倒入事先准备好的石膏点卤。"这倒早倒迟，倒多倒少全靠眼睛看颜色来掌握。"点卤后稍许，桶中豆浆开始凝固，慢慢生出豆花，又慢慢凝固成了豆腐脑，再用布袋包装压制成豆干和豆腐。每当此时，小石诚都在一旁全神贯注地看着，他想从中窥探出浆水变豆腐的神奇奥秘。爸爸给他解释的就是那句俗话："卤水点豆腐——一物降一物。"虽然石爸爸每次都是边做边讲，但石诚始终不得要领。多年后他还记得，父亲去世后他回家过年第一次接过父亲的棒子做豆腐，就想一显身手。不过，做好后却不无遗憾地感叹：做不出爸爸那个成色和味道，光看不做是练不出好把式的。

　　孩子们是最早进入过年状态的。进入农历腊月，孩子们就开始了春节倒计时，有的甚至从十一月寒风乍起即开始憧憬春节的美好，生活节奏也开始向过年调整。他们期盼着一年中仅有的鸡鱼蛋肉齐全的丰盛大餐，想象着大年初一"开大门"时，穿着崭新的新年装的新气象和拜年串门时人们赞美的眼光。特别是期望这个年快快到来，以尽早和舅舅家、姑妈家、姨妈家的嫡亲姑舅表兄弟姐妹们见面交流戏耍，体验年初二去外婆家拜年路上沿途放火燃烧路边枯草的"野火烧不尽"的真切感受和乐趣。

在石诚的记忆中，浓浓的"年味"主要体现在年三十晚的"年夜饭"和年初一的"开大门"上。大年三十，爆竹声中春节至，家家新桃换旧符，户户张灯结彩，人人笑逐颜开。年三十一早，石妈妈即开始准备晚上的年夜饭，炖肉、炖鸡和油炸糯米肉圆子是断不可少的三大菜，还有一道不可或缺的红烧鲫鱼则是象征性的"菜"。吃饭前长辈们就会叮嘱孩子们，这道菜今晚不能动筷子，要等过了正月初一、初二、初三"三天年"才能吃，意味着年年有余（鱼）。几乎每年年夜饭桌上都有的青菜粉丝烧肉圆子的"妈妈菜"和那鱼头炖豆腐的"爸爸菜"至今都是石诚的最爱。这天，石爸爸的角色则是写春联、贴春联、带领孩子上祖坟祭祀。石诚渐渐长大时，这一角色则由石诚替代。什么"新年纳余庆，嘉节号长春""春回大地，万象更新"和"五谷丰登，六畜兴旺"等春联，都是年年用、家家用的万能贴。家有识文断字的人，还可以根据自家境况量身定制春联，比较多的如"春风杨柳万千条，六亿神州尽舜尧""七亿人民七亿兵，万里江山万里营"等与时俱进的对联。中午一过十二点，性子急的人家即开始贴春联、贴年画。家有讲点"道道"图吉利的长辈，还在窗户上、水井边甚至门前树上贴上红纸条以避邪迎喜。傍晚四五点钟后，三三两两的爷们陆续从各家各户走出来到祖坟去烧纸祭祀，然后回家吃年饭。

春节让孩子们"又长一岁"的最深印记是年夜饭庄重的仪式感。天黑前，家家户户门前都挂上以竹篾为骨、红油纸糊面、蜡烛为芯的红灯笼，伴随着连绵不断的爆竹声，喜庆一时到万家。"有钱没钱回家过年。"一家人围坐一桌，长辈坐上席、晚辈坐下席，上有老下有小的中年人或成年同辈人分列左右一二席。晚辈们在品尝妈妈菜的味道之前，首先要站起来，端起酒杯或茶水杯"以水代酒"恭敬地敬上席的祖父母，庄重地说上一句"祝您福如东海、寿比南山"之类的祝福语，然后依次给自己的父母、叔伯、兄长敬酒，每敬一位都要有一句相应得体的吉祥话，如祝他们身体健康或学习进步等。中国的孝道文化在此时得到最庄重的传承。酒过三巡后，长辈们开始给孩子们讲家风家规，如石诚父母要孩子不做丧德（伤天害理）事和知恩图报、读书明理等。然后把孙辈或未成年儿女们亲切地拉到身边，笑眯眯地从口袋掏出根据家境或多或少的两元、五元、十元"压岁钱"塞到孩子手中，表明孩子过了今晚就又长一岁了，饱含着长辈对晚辈浓浓的希冀。石诚的爷爷奶奶过世早，这一仪式即由父母来主持，他至今都忘不了爸爸妈妈那亲切笑容上写着的殷殷期盼。

第二天，即大年初一，家家户户"开大门"以爆竹迎新。早晨七八点钟，四周爆竹声即此起彼伏，然后响成一片，中间夹杂着单响或双响大爆竹声，构成一台和美乐章，将新年的气氛推向高潮。新年第一餐大都是鸡蛋元宵或鸡蛋下挂面，昭示新的一年一家人团团圆圆和好运连连。先开大门的人家自然结伴走村串户去拜年，相互见面或每到一家，男人们笑容可掬，争相送上一些"新年好""新年发大财"之类的祝福语，被访家庭的主人即拿出香烟招待，抽烟和不抽烟的皆接上一支，或叼在嘴上，或夹在耳朵上，昔日有一些嫌隙或不愉快此时似乎都冰释前嫌，邻里关系进一步融洽。妇女和儿童们喜气洋洋，喧嚣声中，她们不忘接上女主人递过来的花生、瓜子和自家熬制的糖果，以至于精明的妇女出发时身上都围个带大口袋的围裙，在嘻嘻哈哈中品尝百家新。

农村的春节直到过了正月十五元宵节后才渐渐落下帷幕。从正月初一到十五的整个"月半里"，亲戚间的相互拜年、朋友间的相互走动，巩固和增进了邻里间和亲友间的亲情和友情，乡土生活的魅力从一年伊始就展现出来。

除了春节，自然就是中秋节值得期盼了。中秋节秋高气爽，最适合孩童们戏耍，因此也给孩子们留下抹不去的记忆。记忆最深的当属中秋"玩火把"。相传古代有一个妖怪，每到农村丰收季节，便要到民间作恶，农民们便燃烧农作物秸秆驱怪避邪，以后逐步演变成在中秋这一天"玩火把"。家长给孩子用葵花秸秆或野草黄蒿等做长杆，绑上野草等易燃物，扎成火把。大一点的孩子早在十天半月前即开始制作。青少年是"玩火把"的主力军。全家人在一起边吃元宵、石榴、月饼边赏月后，晚辈们即开始"玩火把"。邻近几个村子的人陆续扛着火把奔向空旷的收割完毕的农田或视野开阔的山岗，点燃后狂欢劲舞，火花四散，形成一条条欲连还断的火龙。

有的孩子还以此打起了火仗。小一点的孩子也会在大人的带领下前去呐喊助阵。一个个火圈四面八方连成一片，远远望去星星点点，宛若灿烂星辰，甚是壮观。孩子们的玩心和野性在自由的天空下尽情地挥洒。

童年的记忆是美好的。儿时的玩伴、童年的友谊往往会历久弥坚。在那个纯情的年代，抑或是童年的天真无邪，使小伙伴们之间的友谊少有杂质。以至于进入功利社会后，每到秋朗月圆时，石诚他们这一代人往往会产生"火把和童心哪里去了"的迷茫。多年后，石诚感悟到：物质的匮乏可以用精神丰富来弥补，童年的生活，哪怕是苦难，往往都是日后成功人士甜美的回忆。即使是落魄之人，童年的美好也是他们永恒的精神慰藉。

青春的迷茫和轻狂让人生更加多彩

"同学们：大家好！从今天开始，我们一同踏上学林探路的新征程。学林探路贵涉远，无人迹处有奇观。希望同学们从现在开始，努力培养学习兴趣，培养一种穷尽真理的精神。同时，还要尽可能多地涉猎一些课外书籍，尤其是要到社会这个大课堂去读'无字书'，丰富知识面，感知社会，将来成为对社会有用的人。"班主任葛老师开篇就不同凡响。梳着整齐的头发，配上一身崭新的藏青色中山装，使这个中等身材的中年男人显得干练儒雅。唯一与当时这一职业不标配的穿着，是老师的上衣第一个纽扣未扣，当然风纪扣也未扣，露出里面淡蓝色的确良衬衣漂亮的硬领，庄重里透出一丝潇洒。一双炯炯有神的眼睛让他又多了几分威严。上课时如果哪个同学搞小动作，他就会从眼里射出两道犀利的目光，直盯得你垂下眼皮，不敢再造次。在同学们的眼里，省城来的老师果然与众不同。

新近，县城第一中学在石诚家乡办了个分校。石诚一到学校就听说主要科目老师都是从省城来的名教师。多年后石诚谈起他的几位老师的教学方法仍是津津乐道：两任葛姓的语文老师，一个文采飞扬，动若烈火，激情迸发。朗读时抑扬顿挫，声情并茂，常常让你沉浸在文学的海洋里酣畅淋漓，不能自拔；一个知识渊博，静若深潭，讲课时旁征博引，娓娓道来，引领你在知识的长河中自在游走，于无人迹处猎奇探渊。两位张姓数学老师是夫妻档，凡事精益求精。纷繁复杂的数学原理、公式和典型例题，都能用简明了然的公式表达。过目难忘的例题解析，让你既方便做笔记，又容易记忆。遇到一些容易混淆的应用题——如分数的乘除法应用等，他们还教给一些审题做题的"笨办法"——如已知整体求局部用乘法。已知局部求整体用除法等。物理卫老师更是别样风采，晦涩难懂的物理概念与定律，一旦加上历史演绎，便趣味盎然。讲到重要定理、公式应用时，常常先是发人深省的设问，然后长时间的沉默，两手撑在课桌上，用他那双炯炯有神的大眼睛横扫全体同学。突然，他一字一顿地大声重复刚刚学过的公式或定理，让同学们也跟着一字一顿地高声朗读三遍。然后，直截了当点出题目的要害，提出解题思路，让人终生难忘。以至于毕业三四年后参加高考，遇到此类题目，石诚仍能清晰记得老师解题时的一言一语。

当然，最让石诚难忘的还是余校长毕业典礼的致辞。余校长一派儒家风范，在纵古论今、讲述"知识改变命运"的道理后，深情地规劝同学们毕业后要继续"学而不厌"，不要辜负老一辈革命家对年轻一代的殷切期望，学好本领，更好地为社会主义建设服务。

课余和校外的生活是丰富多彩的。中学期间，石诚参加了学校的文艺宣传队。对于爱好文学的石诚来说，如鱼得水。

在宣传队里，他担任编剧和笛子乐手，度过了一段青春萌动的美好时光。此间，他开始接触了马克思主义的辩证唯物主义和历史唯物主义，学习了鲁迅《阿Q正传》《狂人日记》《呐喊》等系列著作、文章，因此培育了辩证思维和思辨演说特长。

高中毕业后，石诚留校代课，替补初中语文老师的暂时缺位。课堂上他学习自己的两任语文老师的授课方法，经常引用一些相关的历史、地理知识和一些趣味小故事，激发学生们的好奇心和学习兴趣。每节课他都倾心投入，学生们或是全神贯注地听他讲课，或是争先恐后地举手发言，积极互动。他从学生们兴奋和尊崇的眼神中感受到了自己工作的价值。自己的工作能影响别人并为别人带来快乐那是一件多么快意的事啊！那一年，他的体重增加了三公斤。那一年他成了一名光荣的中国共产党党员。

中学时期，任课老师和老校长的寄语，爸爸妈妈、姐姐和村里叔叔婶婶的言传身教，使石诚渐渐萌生了要干一番事业造福人民的梦想。

高中毕业回乡后的那段时光，是石诚激情燃烧的岁月。因为根正苗红，加上在学校表现积极，石诚被作为新鲜血液补充进大队领导班子，主要负责民兵训练和农田基本建设专业队工作。公社党委王书记和人武部陶部长没日没夜地在农田基本建设和民兵训练现场巡查，促使大家铆足劲儿地干。

农历大年初一，各家各户早早地开了大门。这时，村头的大喇叭响了起来："广大社员同志们，新年好！根据上级指示，今年的春节我们要破旧立新。全体青壮年劳力都到玉泉水库清淤并整修加固大坝，过一个革命化的春节。"在村村队队大喇叭的反复播送声中，全大队精干劳动力都被动员到大队当家水库去整修水利。当然，新年的劳动带有象征性的色彩，更多的则是更大范围的相互拜年。

春节刚过，农田基本建设专业队队员们即整装出发，迅速进入战斗状态。那时，党和国家号召："备战备荒为人民"。由青年男女组成的武装基干民兵在搞好生产的同时，还要开展民兵武装训练。石诚肩负建设与军训两项重任，整天忙得天昏地暗。工作刚开展有点头绪后，即选择初中毕业就参军已退伍回来的同窗邓宁担任自己军训方面的助手。低他一届的原校宣传队队友卢玉敏主动担当起石诚后勤方面的助手。很快，建设与军训两项工作都走上正轨。正值血气方刚年龄的石诚此时精力充沛，处理完当天的事务后，无论多晚，他都要和邓宁、卢玉敏商讨第二天的工作，任务紧张时他们常常通宵达旦。

最令他难忘的是那年阳春三月，上级通知在公社蹲点的省委第一书记两周后要来观摩他们武装民兵排训练成果，汇报表演的内容是队列、刺杀、枪械保养拆卸及实弹打靶和打空中移动气球。接到任务后，他们一刻也不敢怠慢，分秒必争地抓紧训练。晚上，月光下练队列，要求两列二十人步调整齐划一，每列战士刺刀尖在一条直线上。早上，晨曦中练刺杀，"杀！杀！杀！"的喊声回荡在山谷中。早饭后，阳光下练瞄准，卧式、立式交替进行。下午练盲拆盲装枪械。正当他们有条不紊地按计划训练时，上级又通知，省委书记因有事要提前回省里，观摩表演要提前三天进行。部长说，如果没有把握，打移动气球一项可以不搞。石诚回头看看身后英姿勃发的队友，转身问道："大家有没有信心？""有！有！有！"大家斗志昂扬，喊声震天。信心满满的背后是要进一步压缩休息时间抓紧训练，每天披星戴月，闻鸡起舞。

天公作美，表演那天风和日丽。早上八点刚过，首长们即已来到玉泉山下的演练现场。一切按预定计划执行，队列、刺杀和蒙面拆卸装配枪械未出丝毫差错。在一旁捏了一把汗的公社党委书记和武装部长脸上渐渐露出了笑容。进入实弹打靶和打移动气球表演，领导们的心又都提到嗓子眼上。"砰，砰，砰"，枪声响起，对面报靶显示多为十环、九环，鲜有八环。观摩的首长们开始频频点头，小声议论。压轴戏实弹打气球。当气球凭着3—4级微风在玉泉水库上空徐徐上升、缓缓飘动时，观摩的首长们既期待又担心。随着"啪！啪！啪！"……一阵枪响，数十个气球顿时灰飞烟灭。陶部长高高举起双手带头鼓掌，首长们也笑意盈盈鼓起掌来。这时，首长招手要石诚过去。陶部长要石诚代表民兵排表个态。第一次面对如此大领导，石诚居然紧张得说不出话来，红着脸站在首长面前手足无措。愣了几十秒后，还是部长提醒，他才想起曾在心中默念了无数遍台词的最后几句话："请首长放心，我们将再接再厉，练好本领，保卫祖国！"

除了军训，武装基干民兵排的另一个身份就是农田基本建设专业队，其主要任务是彻底改造"秦朝的田，汉朝的埂"，建设"井""田"状、标准化农田。从各生产队抽调来的基干民兵们集中吃住在玉泉山下，抢时间、抓进度改造农田，修渠拦坝。石诚在学校所学的知识此时派上了大用场。他们运用两点成一线、三点可以确定延长线的原理，用三根竹竿测量确定田埂和数公里长的道路路基走向。运用杠杆原理以轻举重，用长木料做成起吊杠杆，起吊百十斤重的水泥、石料，建设灌溉渠桥墩。土法上马使他们这个没有一辆拖拉机、农用车的穷大队在全公社最难施工的两山夹一洼的低洼农田上最早矗立起十几米高的桥墩，一举甩开那些用土坡平台、拖拉机或农用车运送水泥石料建筑石墩的队办工业先进大队而后来居上。一年后，他们的民兵营就由全公社后进营一跃成为全地区"硬骨头六连先进单位"。

卢玉敏好像永不知疲倦，常常在石诚忙不过来时帮他洗衣服、洗碗。每当他洗漱完毕准备睡觉，发现床头已放着当天洗得干干净净、叠得整整齐齐的换洗衣袜时，总有一种难以言说的温馨与愉悦涌上心头。青春期的情愫与好奇，让石诚常常产生想和她说说话的冲动。然而，当他注意到了玉敏有时似乎着意回避他的目光时，就打消了这个念头。直到有一天晚饭后，队员们全部早早地去村头看电影，他看到只有玉敏一人留在灶间整理灶台时，下意识地来到灶间轻声地说："玉敏，我们能谈谈吗？"正在整理灶台的玉敏，好像还没有反应过来："谈什么？"说着放下手中的活计，一副洗耳恭听的样子。由于玉敏家的成分问题，抑或由于年轻人的羞涩，石诚欲言又止，愣了片刻，最终还是言不由衷地吐出来了三个字"算了吧！"随即快步离开灶间。

此后，他们每次碰面都有点不自然。玉敏知道，石诚一定是因为她的家庭出身问题而迈不过这道坎。因此，她对石

　　诚也就若即若离，虽然一万个心有不甘。当时他们谁也没有想到，就是这座无形的山竟将他们相隔了一辈子。

　　若干年后，当石诚大学毕业回来时，听说玉敏已远嫁他乡怅然不已。那个年代，对于成分不好的人家的女孩子，似乎早早嫁人是她们的不二归宿。

　　每当回忆起这段难忘的岁月，石诚都会心生感慨：那是他青春绽放的最绚烂的花朵。

第二部　逐　梦

"知识改变命运。"阿呆跟着石师傅的节奏有感而发,"您
选择了高考这条路,从某种意义上说,就是选择了另一种人
生。"

"是啊,能到城里的大学学习,不仅意味着从此改变祖祖
辈辈们一代又一代重复不变的'面朝黄土背朝天'的农村生
活的命运,而且大大拓宽了人生视野。上了大学以后,我才
渐渐地懂得,人,不仅仅是为了活着而活着,还应该活出生
命的意义。在漫漫人生路上,我们不仅要终生奋斗,而且要
在紧要关头做出正确的选择。而知识和阅历就是我们人生路
上的金手杖。"石诚的思绪渐渐回到指点江山,激扬文字的当
年,"高考对于大多数平民百姓来说,无疑是人生第一个重要
选择和重大挑战。重要的是,你赢得了高考这个首战,你就
会对未来的人生充满信心!"

"人们都说人生不易。人的一生中会遇到各种挫折和挑
战。这个,您比我有更深的体会。"阿呆感慨地说。

"是的。不过,有大学这个台阶垫底,在逐梦人生的路
上,无论你遇到什么困难和挑战,你都会在心底里信心满满:
我能!就像解一道数学难题一样,百战不厌,你终将收获
胜利的果实。所谓'百折不挠''屡仆屡起',我是深有体会
的。"于是,石诚与阿呆分享着他独特的生命体验。

命运之神送给他一份大礼

1978 年 2 月初的一天，天气晴好，一轮朝阳喷薄而出，和煦的阳光洒满了大地。阳光下，连片油菜田里泛着绿色的波浪，清清的河水也从漫长冬天的素净中苏醒过来，两岸新柳吐绿，水中鸭儿戏嬉。人勤春来早。虽然生产队没有集体出工，但村庄里、田埂上，早有三三两两的村民陆续下地，在田头地角整理自家那"一亩三分地"，人们隔空交谈，时时传来爽朗的笑声，空气中弥漫着自在快乐的气氛。石诚作为改革开放恢复高考后的第一批学子，在父老乡亲们充满期许的眼神和话语中豪情满怀，向着太阳，向着东方，向着那充满希望的地方大步走去。命运之神眷顾了他。石诚如愿考入坐落在上海的一所全国重点大学。

"各位旅客：大家好！我们的列车马上就要驶过南京长江大桥。南京长江大桥是我国自行设计、自主建造的公铁两用大桥……"列车播音员悦耳动听的声音和眼前浩浩荡荡的长江、雄伟壮观的长江大桥美丽画卷，让石诚这个"天之骄子"倍感自豪，胸中顿时涌起对未来为国家建设添砖加瓦的无上喜悦和壮志豪情。

"本次列车终点站上海。上海是我国最大的工业城市……"上海还是石诚心中最向往的繁华城市。早在上中学期间，邻村一位在上海学习的工农兵学员假期回乡时就经常向他们描述大上海的繁华景象。没有想到，自己即将到上海学习和生活。想到此，他十分感谢党和国家给予自己的机会，暗下决心，一定要倍加珍惜这次学习机会，只争朝夕，学好本领，报效国家。

大学时代，石诚没有过多地流连于城市繁华的街道、美丽的公园，也没有像一些城里来的同学那样花前月下，而是几乎把全部的精力都用到了探索科学的奥秘上，像海绵吸水那样求知若渴。大学让石诚的人生跨上了新的台阶。授课老师天南海北、纵横古今、汪洋恣肆的知识播撒，实验老师见微知著、抽丝剥茧、一丝不苟的治学精神，不仅大大拓宽了石诚的眼界，令他感悟到了科学之美，而且教给了他认识客观世界的路径和方法，增强了他探索自然王国的兴趣和信心。

大学时期，石诚最大的收获是学会了综合学习法。即在图书馆里将当时为数不多的几种版本的教辅书放在一起，就同一课内容反复比较，从中找出共性和规律性的东西。这种学习方法让他受益终生。

对于石诚而言，大学时代最大的乐趣是躲在被窝里打着手电筒偷看当时尚未解禁或尚未公开发行的禁书、奇书。如《第二次握手》《简·爱》《基督山伯爵》等，常常是如饥似渴，通宵不眠。因为下一位幸运者正眼巴巴地等着一饱眼福呢。

大学期间，有两件事情最让石诚终生难忘。

一件是他作为"上海市先进集体"班级的代表参加在上海青年宫举办的"上海市中外大学生联欢会"。恢宏壮丽的联欢场景，英姿勃发的大学生表演和激情飞扬的上海市委领导致辞，让他这个农家学子恍若置身梦中。原来人生是如此美好，青春还可以这样度过！而这一切都仿佛是从天而降！这份殊荣他从来都没有去争过、要过，一切都是组织这个看不见的手安排的。"任何时候都不要向组织伸手，背后总会有人给你打分。"一个伟大的声音在他耳旁响起。他暗暗给自己定一个规矩：今后自己只管奋斗，其他的事交给组织去安排。

第二件事是中国女排首次世界夺冠给他上了人生难以忘怀的一课。一九八一年十一月中旬的一个傍晚，校广播传来中国女排在日本大阪夺得第三届女排世界杯冠军的消息，顿时，校园沸腾了，学生疯狂了。先是从男生宿舍窗口陆续伸出脸盆、搪瓷缸，叮叮当当的敲击声传遍校园。接着，女生宿舍一张张毛巾、一条条围巾、一件件外衣从窗口次第抛出。紧接着，男生女生不约而同冲出宿舍来到学生食堂前广场狂欢，继而蜂拥而出冲出校门，来到延安路。此时四面八方的学生和过路的年轻人结为一体，形成一支浩浩荡荡的游行大军，向南京路汇集。南京路上早已是人山人海，大家忘形地欢呼、雀跃。"中国万岁！"人们一遍遍的高呼口号，一路向东，向最能展示上海风采的外滩涌去，直至深夜。石诚夹在人流中，只感到热血喷涌。他第一次感到为国争光是多么荣耀，为国拼搏是多么值得！女排姑娘是多么强大，又是多么伟大！此时他想，如果前面是战场，当国家需要时，充满血性的中华儿女一定会毫不犹豫地冲向前方！

自此，中国女排的拼搏精神激励了他的一生。

领导的一次谈话让他凉透了心

大学毕业分配前夕，两年前招工到江南一座工矿城市滨江市矿山企业当井下工人的王年生因工伤事故手术后到上海复查顺道看望石诚，并向他描述了滨江十里长街、梧桐掩映的江南城市风貌，引起了石诚极大的兴趣。按当时毕业分配政策，作为"三好学生"和优秀学生干部，石诚可以在学校给定的有限范围内，按专业对口的要求，优先选择自己希望去的城市。多少出于这个原因，石诚就近选择了滨江市。作为全市恢复高考后屈指可数的全国重点大学学生，石诚没有按自己的志愿被分配到工厂一线，而是由组织决定留在市政府机关，被寄予研究、规划全市轻纺工业发展的厚望。

那是一个重用知识分子、欣赏实干的年代。滨江市组织安排本省第一个政府代表团赴几个西方国家考察，市长即点名石诚随行。

第一次出国考察西方发达国家让石诚大开眼界。考察团所到之处山清水秀，风景如画，摩天大楼鳞次栉比，大街小巷清洁如洗。歌德式、罗马式、巴洛克式建筑竞相争辉，尖尖的屋顶上直立的装饰物兼避雷装置直入苍穹，把错落有致的各色建筑点缀得亮丽壮美。然而，真正让人赏心悦目的还是那里的乡村田园。七月的西欧，空气湿润，气候宜人。各色别墅、民居掩映在苍翠欲滴的绿树丛中，大小不等的聚居地星罗棋布在绿草如茵的田野上。一条条河流如玉带环绕，彩练铺展，黑亮亮柏油铺就的乡村公路阡陌交错，如诗如画。

夜晚的巴黎抑或是汉堡、西图加特，无一不是灯红酒绿、光怪陆离。沿街两旁建筑玻璃橱窗里穿着裸露的男女模特儿在闪烁不定的霓虹灯映衬下展示了不一样的欧洲风情。街上男士大都西装革履，温文尔雅，其中也不乏穿着随意，行色匆匆者。各色裙子加高跟鞋似乎是女士们的标配。比较惹人注目的还是那些金发碧眼、着装怪异的少男少女们，嬉笑怒骂，皆成风景，构成一幅西式《清明上河图》式的繁华与奢靡。

当然，光从表面看，是很难探究明白西方世界的。直到有一天，代表团去参观西德西图加特一家汽车轮毂制造厂时，所见所闻才让他们有所发现。偌大的标准厂房里一台台机床横成行、竖成列的渐次摆放。经理办公室就设在厂房一端的挑高二层楼上。抬眼望去，隔着玻璃墙可以看到厂房的尽头，工人们的一举一动都尽收眼底。看着几个体重大都在八九十公斤左右的女操作工吃力地将待加工或加工好的卡车轮毂搬上搬下时，石诚不解地问老板："怎么让妇女们干这样的重体力活？"经理往能旋转的老板椅上一靠，右脚往地上一踏，随着椅子慢慢旋转，不屑地说："这些斯拉夫人都是猪，她们没有文化，只配干这些事！"大家听了都很愕然：原来这里的人与人差别这么大！

后来到法国参观一家服装厂，几乎是一样的厂房和机器布局，只不过老板讲得比较温和与理性。他说，在欧洲，大部分劳动密集型的加工厂房都是这样布局的，这样经理坐在办公椅上就可以 180 度无死角地看到工人的一举一动。回到住处，大家都深有感慨：还是我们国家好，人人平等。当然，发此感慨时，他们怎么也没有想到，多年以后，中国的相当一部分代加工工厂就是这样布局的，不知这样做是为了节约厂房，还是照搬西方。当然，这是后话。

大约是受西方城市建设的启发和刺激，考察归来后，市长张梦雅就主持、推动全国第一个老城区改造，扩大兴建人民菜市场。市委书记孙卫民亲自坐镇炼焦厂，推动民用煤气建设，滨江市比全国绝大多数城市都较早地用上了煤气。领导工作的快节奏引领机关工作人员常常闻鸡起舞。

刚调入政府办公室的石诚直接为市领导服务，他和所负责的科室同事们说："加班是正常的，不加班是不正常的。"久而久之，大家也就习以为常了。"天不怕，地不怕，就怕领导周六晚上打电话"，这就意味着唯一的周日休息日又泡汤了。这对自由自在的单身汉石诚来说倒没什么，压力大的倒是同事小马，往往在科室工作任务多、时间要求急、火烧眉毛之际，小马要承担综合材料起草任务时就会来找他："科长，我妈妈这两天生病了，正在医院挂吊水，我想……""啊！妈妈生病，这可是大事，你去吧！""科长，这两天孩子发烧了，我想……""啊！孩子的事马虎不得，你去吧！"

　　科室本来就人手紧张，一个萝卜一个坑，同意小马请假，往往就意味着这份工作得由自己来顶。于是就有单身楼的同伴们常常在排队打饭时拿石诚开涮："昨晚半夜，你又翻墙回宿舍，看来有头绪了？"

　　"哈哈，哈哈哈！""岂止如此！告诉大家一个秘密：我们这位石兄最近还常常夜不归宿呢。"室友王大璋的话让大家不容置疑，又是一阵大笑，倒是把个大餐厅搞得轰轰烈烈，石诚有口难辩。

　　不过，大璋说的倒也是事实。夏天，有时文稿领导要得急，他就通宵达旦加班，实在困了，就在会议室会议桌上将就躺一两个小时，直到把文稿交给第二天来上班的打字员他才回单身楼洗脸刷牙吃早餐。所谓早餐，也就是从路边一毛钱买一个烧饼就白开水下肚。大家这一哄堂大笑倒提醒了石诚：自己已过而立之年，是应该考虑终身大事了。脑海里瞬间浮现爸爸妈妈这几年年三十吃年夜饭时焦急的面容。后经熟人介绍，石诚谈了对象，相处几个月，大致合意，即匆匆成婚。领导特批三天婚假。他们既没办婚礼，也没有旅行结婚，只是室友王大璋搬出去，在单身房间的门上贴了个红双喜就算成婚了。他们利用这三天时间回了一趟石诚老家。在老家，他们说在城里办过婚礼，在单位他们说回老家办了婚礼。好在当时大家也没觉得有什么不妥。那时大家心里好像都有一团火，全部"燃烧"在事业上，石诚也是乐在其中，直到他调离工作岗位后，领导的一次谈话，才让他感到犹如一瓢凉水浇头，凉透了心。

　　那是市长委托政府分管领导与石诚谈心，听惯表扬和鼓励话语的石诚怎么也没有想到，领导传递给他的是一个与自己料想完全相反的信息。

"领导要我转告你，作为一个团队负责人，遇事能身先士卒固然很重要，也是一个很可贵的品质。但是，也要注意调动大家的积极性，切忌包揽一切。"

"包揽一切？"石诚茫然地望着领导。

"这次在物色接替你的人选时，组织上没有考虑到小马，原因主要是他搞大材料和负责综合性任务不多，还需要再磨炼磨炼。但小马对此很是不服。有人说，自从你来了之后，他就没有这样的机会，大材料和综合性任务全都让你包揽了。你说这是你的原因呢，还是他的原因？"听到这些，石诚感到无比委屈，但又说不出来，因为不管谁对谁错，毕竟事实就是这样。

小马是科室里业务骨干，资历也过硬，只是家里事情特别多。此后相当一段时间内，石诚都对这件事纠结于心：难道自己帮人帮错了？爸妈一辈子奉行的做人准则也错了？直到有一天，他要跳槽，大璋来劝他，聊天聊到兴奋时他口出狂言："此处不留爷，自有留爷处！机关工作，我摸爬滚打样样都会！"说此话时，他突然顿悟：自己这"一技在身"不是得益于以前两位顶头上司严格要求，有时甚至是近乎不近人情地"逼"出来了吗？那时，自己不也是心生怨气，甚至蕴含恨意吗？看来老祖宗的话还真是充满智慧啊——"心慈不带兵"！

美好的时光为什么走得那么快

　　二十世纪八十年代末，滨江市市长张梦雅赴省城高就，年轻的市长王英接过前任的火炬，一系列"逆天"的操作，着实让这个江南小城"火"了一把。

　　新市长上任不久，经济外向度比较高的滨江市工业产值直线下降，那些以出口产品加工为主的轻纺工业企业步入异常艰难的经营困境。市委市政府随即决定下派工作组到困难企业蹲点。

　　为应对日益复杂的经济工作，省委调市委书记去中央党校学习，由同时担任市委副书记的王市长主持市委、市政府工作。春节过后，王市长召开市政府负责人和市相关部门主要负责人参加的政府常务会。

　　"同志们：我们今天开一个'务虚会'，重点分析判断国内外市场走势。也就是说，这个'市场疲软'究竟要持续多长时间，从而确定我们的对策。"王市长环顾与会人员，直奔主题。一些资深的市政府领导和部门负责人对此不以为然，认为现在一些企业已经火烧眉毛，应研究解决燃眉之急。

　　"可能一些同志认为这是远水救不了近火，"似乎看出了大家的顾虑，市长笑着说，"磨刀不误砍柴工，只有对大的市场走势心中有数，才能确定我们对困难企业是采取财政、银行的暂时输血支持企业流动资金，先保企业运转的权宜之计，还是要壮士断腕，支持企业调整产品结构，应对长远挑战。"

会上，有人提出这个"市场疲软"要持续三到六个月，有人提出到年底甚至到明年年底，众说纷纭。最后经过充分讨论，明确要做好市场至少疲软一年以上的思想准备，同时，确定实施"一企一策"的方针，推动企业产品结构调整。王市长决定亲自到全市最大的出口创汇企业东方红麻纺厂蹲点。

作为政府经济研究部门副职列席会议的石诚在会上被点名发言。他就当前形势分析的发言立即引起了市长的注意，被点名协助市长拿出解决企业困难的中长期应对方案。然而，当时他还不知道，因为这次发言与单位一把手见解不一致，本来就与他行事风格不一样的一把手即与他渐行渐远，有时还给他工作带来一些不便，石诚也因此越来越郁闷。

为了掌握第一手资料，王市长坚持每周至少半天骑车到当时还属郊区的蹲点企业，深入一线调研，重点研究、找出应对市场萎缩的主要对策措施。为了帮助企业脱困，市委市政府从市政府研究室、市经委、科委、财政局、纺织局等部门抽调精干人员组成工作组到该企业蹲点，石诚被任命为蹲点小组组长。

工作组一进驻企业，不仅频繁地和企业负责人、中层管理人员交流讨论，而且还与工人同劳动，有时还同步"三班倒"。深入一线后，企业的真实状况令人震惊。

麻纺企业特殊的工艺要求高温高湿，部分车间闷热难忍，很多一线工人不到四十岁就患上严重的关节炎。走访困难职工家庭，更让工作组同志泪目。有的只有一个人就业的家庭或夫妻双方均在本企业就业的家庭，生活捉襟见肘，常常是吃了上顿没下顿。了解到这些情况后，市长和工作组同志都有一种强烈的使命感：一定要改变这种状况！全市都在勒紧裤带过苦日子，但市政府还是从财政挤出几十万元专门用于该企业下发职工部分工资。

市纺织局局长闵义生坐镇企业兼任厂长，面对直线下滑的销售数字，终日心情沉重愁眉不展，常常呆坐在办公室一支接一支地抽烟。这与石诚印象中那个风趣幽默的闵局长完全判若两人。在随企业销售人员到香港、厦门等地走访企业主要客户，了解到国家出口配额减少，出口供货竞争日趋残酷的行情后，老闵更加沉默寡言。就连上门讨要工资的工人，看到他那一脸愁苦也不忍再逼。倒是企业领导班子里的少数人，常常冷言相逼："你倒是说话呀，你是厂长，赶快拿主意呀！叹气能解决什么问题呀？"每当这时，老闵总是无助地看着工作组的同志。除了出差，他吃住在厂里，连发四十多天的低烧，也没有到离厂不过两公里远的市人民医院去检查，直到躺着进医院。然而，这一进去就再也没有站着出来了。这个随企业从上海迁移支援内地的上海人，还不到五十岁就永远离开了他服务一辈子的企业。很长一段时间，石诚的心情都很沉重。

就在这个愁云惨雾的隆冬，石诚父亲病危。他搭乘货车又改乘客车在离家还有十几里的地方就近下车。孑然一身的他向家乡放眼望去，山寒水瘦，云暗天低，大地好像失去了生气。这让本来就心情沉重的石诚感到更加悲凉。路上偶尔碰到几个熟人与他打招呼，他也无心寒暄。几经辗转回到老家，还是没能和父亲说上最后一句话。此前两个月，父亲倒在田间后就卧床不起，他没有时间回家陪陪老人家，劳累一生的父亲还没有享到一天福就这么走了，而他也没有尽到人子之孝，这成了他一生永远的痛。

父亲走后的相当一段时间，石诚脑海里都是父亲的身影：由于饥饿造成的营养不良，从百里开外的水利工地回来的父亲全身浮肿，吃点萝卜青菜补充点营养后又下地干活；一天劳累后的父亲常常起早贪黑赶做一些零星木工活为他筹集学杂费和补贴家用；不顾鞍马劳顿的父亲赶着农闲时光到几十里外的大集镇购买木料石材肩挑人扛、披星出门戴月回家。为翻新房屋、添置家具，改善家庭的生活和他们的学习环境……无论怎么苦、怎么累，从未见到他唉声叹气，怨天尤人，总是把一脸慈爱的笑容送给他们这些孩子。渐渐地父亲的音容笑貌幻化成一个声音："伢子，你是我们石家的希望！你要好好地活着，好好地工作，为国家做贡献，为家庭争光！"每每想到这些，他都泪流满面。渐渐地，他心中升起一种庄严神圣的使命感。于是，他把悲痛掩埋在内心深处，以更大的热忱投身到工作中。他知道只有这样，才不至于终日以泪洗面。

其实，这次市长点名石诚下到企业蹲点，还出于另外一层考虑，那就是让石诚换一个工作环境调整调整人生姿态。

原来，从那次"务虚会"发言后，石诚就被晾在了一边。对视事业为生命的石诚来说，心事与家事同样沉重，几乎到了崩溃绝望的边缘。

了解到石诚的境况后，王市长即单独找他谈心。他结合自己的工作体会，谈到了正副职之间如何换位思考，互相尊重，和谐相处。并指出知识分子尤其是工科出身的知识分子大都有做人和做事一样认真、喜欢较真的通病，希望石诚修正自己的性格。王市长要他学习先辈求同存异的为人处事胸襟与智慧，严谨做事，大度待人。放下包袱后，他轻装上阵，以前所未有的热情投入到新的工作中，把全部心思和精力都用到帮助企业解难纾困上。

闵厂长的去世深深地触动了市政府领导和企业全体员工。王市长召集企业党政领导班子和蹲点小组全体人员开会，号召大家群策群力，共渡难关："困难时刻，我们要学习红军长征精神，千难万难往前走！"

这样，企业中层干部全部动员起来，打破部门分工，各显神通，有的去借钱，有的去讨债，有的去推销产品。企业职工尽管几个月未发工资，但无人脱岗，任劳任怨奋战在岗位上。就在企业干部职工全力抢救企业时，两个更坏的消息接踵而至。

先是供应科反映，据说企业主要原料供应地湖南、湖北的麻农因麻纺产品滞销并且看不到市场复苏的希望毁麻现象严重，而原麻成熟需要三年周期，这样即使明年市场复苏，届时也将有钱买不到原麻，企业会面临彻底"断炊"的灭顶之灾。

接着是销售科报告，现在出口配额减少，卖家之间竞争日趋激烈，由于价格连连下跌，签了合同的买家毁约现象也时有发生，导致企业产品滞销越来越严重，产品库存也一天天增多，有的品种已库存两年以上。如此下去，库存时间长的产品就有可能霉烂。这些库存可是企业职工生存下去的希望所在啊！

工作组同志随企业相关供销人员到企业产品主要客户市场厦门和企业主要原料供应地湖南调研后，基于来年春夏之交麻纺织品出口市场将要复苏、而麻农普遍毁麻、来年原料价格将会翻倍上涨的判断，考虑到纺织品不宜长期库存和原麻成熟需要三年周期两个因素，提出了一个大胆的设想：大幅度降价"贱卖"企业几千万库存纺织品，获得的资金一部分用于开发新品种，大部分用于购买原料原麻。

但这一看似合情合理的建议，其中却有一个重要的坎几乎不可逾越。

"国有企业产品降价幅度超过百分之十以上需要报经省财政厅审批，数额大的还需要报到财政部审批。否则，不仅有行政越权的行政责任，而且还要承担国有资产流失的经济责任。"市财政局长在市政府常务会上汇报说。而根据当时的市场行情，至少要降价百分之十五，甚至百分之二十以上才有可能处理掉这批库存。如果逐级上报层层审批，机会稍纵即逝。与会的市政府领导和市经委、计委等相关部门负责人面面相觑，无人发言。年轻的王市长果断拍板："活人不能被尿憋死。照此方案执行，出了问题我负责！"

结果，春节过后不久，原料价格即翻倍，此后一路飙升，最高的六、七月份甚至涨到三倍以上。麻纺产品出口市场也如期复苏，东方红厂开始走出困境，石诚所在的工作组也在全市经济工作大会上受到通报表彰。

然而，受到表彰的石诚心里却另有一番滋味：由于他的失误，导致王市长被人骂。领导不仅没有追究他的责任，反而褒奖他。

原来，在企业蹲点期间，一位企业负责人找到石诚："石组长，拜托你报告市长，这个企业我没办法干下去了！"见石诚以狐疑的眼光看着他，他干脆直露心迹，"只要能调出这个企业，哪怕是到火葬场抬死尸我也愿意！"

见他态度这么坚决明了，石诚郑重地点了点头。令他没有想到的是，在他将这位企业负责人调动工作的意愿和具体想法报告给主持市委市政府工作的王市长后不久，企业情况发生了较大变化，这位负责人又改变了主意，并向石诚做了暗示，而他当时没有在意，也就没向市长汇报，这位负责人的工作按原方案重新做了安排。导致这位负责人怨恨甚至公开辱骂石诚和市政府领导。

石诚清楚地记得，那天，一位年纪不小但书生气未脱的部门总工程师向王市长汇报工作时，竟将那位企业负责人的难听话当面重复给市长听！令石诚惊异的是，领导不仅没有大发雷霆，更没有当面责问石诚，反而在以后的工作中给那位已经如当初所愿履新市直综合部门的主要负责人应有的支持。领导为下级背锅和容人的雅量让石诚在心生感激的同时，更多的是开阔了心胸。

在企业蹲点期间，王市长还安排石诚和蹲点企业销售人员去刚刚萌发"市场经济"的厦门，重点是去经济比较活跃的石狮等地了解那里市场经济萌芽情况，酝酿开展进一步解放思想大讨论活动。在远赴北京，与在中央党校学习的市委书记汇报沟通并得到肯定与支持后，王市长即在这个工矿城市发动、开展了一场轰轰烈烈的解放思想大讨论活动，"目的在于用一种最能动员群众的方式，把改革开放的意识，变为上上下下的自觉行动，进而进一步确立以经济建设为中心的思想，集中全力把经济搞上去。"王市长如是说。

面对守着丰富资源，但手脚被旧的条条框框束缚、发展经济顾虑重重的政府官员、企业界人士和广大市民，王市长在1991年秋全市"理思路、抓落实、奔小康"万人动员大会上脱稿说："我们有的政府官员和企业负责人守成有方，但闯劲不足，这也不敢，那也不敢，缺少敢于对人民负责的精神，缺少敢闯敢试的勇气。""我们首先要从思想上、政策上解决这个问题。"

根据会议的精神，主持政府研究室工作的石诚主动带领大家代市政府起草了一份《关于进一步解放思想，放宽政策，繁荣滨江经济的实施意见（征求意见稿）》，经市政府同意后下发到市直相关部门征求修改意见。

一石激起千层浪。"征求意见稿"首先在经济管理部门引起了不小的震动。一位资深老局长拿着这份材料气冲冲地来到王市长办公室："市长，你知道这份《实施意见》吗？"

"知道，有什么问题吗？"王市长不动声色地看着由于激动而涨红了脸的局长。平时就看不惯石诚这个年轻后来者的老局长一不做二不休："我看小石这个年轻人想出风头也不能这样目无法纪吧，这个政策放宽得简直离谱！这样还要不要我们这个主管部门？出了问题谁负责？"

察觉到对方来意后，王市长平静地说："他们研究部门搞的这个东西是我叫他们参照沿海发达地区的做法大胆地构思与设计的。现在还在征求意见之中。如果政府讨论通过下发正式文件了，出了问题当然是市政府负责。在这之前，你们可以提出你们的修改意见。不过作为主管部门，你们有跟踪、反馈、完善的责任与义务。"看到市长这个态度，老局长悻悻地离开了市长办公室。

在讨论这个放宽政策文件的市委常委会上，一位常委直接发问："这个文件孙书记知道吗？"面对这个敏感的问题，与会人员不约而同地都看向主持会议的市委副书记、市长。"大家先就文件本身提出自己的见解和修改意见。至于向卫民同志汇报和沟通，那是我的事，大家不用担心。"王市长云淡风轻地说。

经过上下几轮的讨论与修改，文件正式出台。像一枚深水炸弹，瞬间打破了这个江南小城往日的斯文与平静。动员大会上"剔肤见骨"的自我剖析，政策文件大胆地自我松绑，不仅让小城沸腾，而且还辐射影响到全国。

就在滨江深入开展解放思想大讨论、经济活力逐步释放的时候，1992年初，中国改革开放总设计师发表了著名的南方谈话提出了"三个有利于"的衡量一切工作是非得失的判断标准。即"是否有利于发展社会主义社会的生产力、是否有利于增强社会主义国家的综合国力、是否有利于提高人民的生活水平"。到下面执行时，人们干脆将其简化为，只要有利于经济发展都可以干，都可以试，先干不争论。省委主要负责人还提出了"不换脑筋就换人"的思想和主张。

"三个有利于"迅速解除了人们思想中的禁锢，各种发展经济的举措在全国如雨后春笋般兴起。"发展是硬道理"，没有最新，只有更新。官员，一个比一个思想更解放去搞活经济；个人，一个比一个更大胆，千方百计去赚钱。改革开放标杆城市广东省深圳市此前提出的"时间就是金钱，效率就是生命"的口号此时借此改革之风迅速传遍全国。民间更是将"不管白猫黑猫，抓到老鼠就是好猫"作为行为准则。一时间，地摊经济、鱼塘经济、马路经济等各种经济形态层出不穷，虽然各种相应的管理措施和相关政策没有跟上，坑蒙拐骗、假冒伪劣产品等造成一定的社会负面效应，但人们并没有因此停下脚步，而是边干边完善。与此同时，国有企业改制也迈出大大的一步，在"不求所有，但求所在"的思想和政策指导下，农村的"包子"（"包产到户"的戏称）进城，"公有私营"、股份经济开始试水，滨江经济迅速步入发展快车道，成为全省经济增长的领跑者。

已经成了建筑业务上的一个小包工头子的石亦满此时也慕名来到滨江发展。他因为没有考上大学就早早出去打工，从工地搬砖、拎灰桶做起，凭着自己的辛勤劳动和灵活的处事方式，很快就闯出了自己的一番小天地。当时，在中央"有水快流"的方针指引下，各地的小煤窑、小矿山、小化工、小五金、小水泥等五小企业如雨后春笋般的兴起。工矿城市滨江的国有大矿山周围迅速兴起很多小煤窑、小矿山。亦满和当地一位有点亲戚关系的村干部承包了毗邻国有红星矿的一座乡镇露采小矿山。为了赚快钱，他们干脆就近去捡大矿山露采坑周边的"边角料"以乡镇矿山名义对外出售，掘得了人生的第一桶金。有了这个家底，亦满干脆自立门户，成立了矿业服务公司，当起了小老板，进入了事业发展的"黄金时代"。

在改革开放声名鹊起后，滨江市还学习沿海发达地区的经验，率先在内地开始尝试党政机关办实体，发掘和释放机关各类人才发展经济的潜力和活力。在一系列激励政策的感召下，沉积在机关里的稍有点能耐或人脉的干部职工都心动手痒，跃跃欲试。

石诚所在的部门率先在政府机关办实体——成立了滨江市第一家中外（港）合资的房屋装饰公司。利用沿海与内地信息不对称，装饰材料差价巨大，赚取利润，公司办得风生水起。石诚后来才知道，市长曾就这件事，在市委常委会上充满激情地表彰他们的敢闯敢试精神。不久后根据国家统一部署，整顿机关办实体，大部分工作人员回到了机关。

作为党政机关办实体的副产物，一批有抱负、有情怀的热血青年走出了机关，留在了企业，成了后来推行的市场经济的弄潮儿。石诚好友王大璋直接停薪留职，到东方红厂挂职中层干部。整顿机关办实体后，大璋干脆下海，工资关系彻底与机关脱钩，一心一意协助企业经营者管理好企业财务工作。面对石诚等单身楼好友的好言相劝，大璋没有一丝犹豫："通过这一段时间在企业的实践，已经与企业和职工建立了感情，天天能帮他们解决一些实际问题，我感到很欣慰，这比在机关里文来文往、人浮于事踏实多了。"后来，大璋进一步下海，自办企业，将事业经营得红红火火，成了滨江"成功人士"的典范。石诚最初也雄心勃勃地要脱离机关，将所办实体做大做强，但面对顺风顺水的官场的诱惑，最终经不住同事们的劝说而与企业脱了钩，回到了机关，错失了他最能扬长避短也最有兴趣的从事经济工作的绝佳机遇。

主持政府研究部门工作后，石诚迎来了人生的高光时刻。变革的时代需要有超前的探索和研究。他们在市长的直接领导下，努力将本部门建设成市政府名副其实的"智库"。按照王市长的指示，石诚带队考察滨江周边十几个市县的资源禀赋、产业结构和城市优势，据此向市政府提交了建设区域大市场、合理调整滨江产业结构的报告，得到了市政府的高度评价。

这次调查活动的成功给石诚最深刻的感悟和启示是：团队的力量远大于个人的力量。几位平时在部门并不引人注意的年轻人，这次却大放异彩。他们对新事物的敏感，对未来的憧憬，对建设一流智库的奇思异想，特别是跳跃性的思维令石诚刮目相看。考察路上大家思想碰撞的另一个成果是催生了滨江市第一份自负盈亏的经济研究刊物。他们通过为企业出谋划策、牵线搭桥，从企业获得的收益中获取适当赞助来"养活"刊物。虽然按照市长要求刊物必须是免费赠阅，但他们未向政府要一分钱，也没有动用部门经费，当年就实现了盈余。毫无疑问，他们的创新做法得到了市长的首肯。

最让石诚难忘的还是那份让爱好文史哲的王市长动情朗读的杂志创刊词的创作过程和由此引起的美好回忆。这份历数滨江数千年历史沧桑，展望江城无限美好未来蓝图的《卷首语》被市长认为不仅大气磅礴，而且语言瑰丽。让石诚他们感到快慰的是这篇文章契合了当时市委市政府领导下的滨江风清气正、蓬勃向上的社会氛围。回忆这份文稿的创作过程，石诚常常是自豪之情溢于言表："在王市长的直接领导和感召下，那时的研究室真正形成了'海阔凭鱼跃，天高任鸟飞'的环境氛围，特别是新来的年轻人个个都是朝气蓬勃，脸上洋溢着无忧无虑、对未来充满无限希望的青春光彩。"他还清楚地记得，当时他召集部门几位骨干反复推敲，几易其稿，形成了《卷首语》初稿。当把初稿拿出来在全体员工会上讨论时，基本都是赞成，唯有一位新来实习的女大学生提出了不同见解。她说这篇文章大气有余，但活力不足，或者说缺少文字魅力，给人感觉是动感强，美感弱，引不起读下去的兴趣。石诚一愣：他主持起草的文稿还没有人如此直白地提出质疑过！不过，又不能不承认，她指出的这个缺憾确实存在。要命的是，他们这些理工科出身的秀才对此却是心有余而力不足。于是，他强作镇定、故作幽默地说："我们这几位笔杆子已是江郎才尽了，还请你这位文科新秀锦上添花。"因此，这位新秀进入了石诚的视线。

新来的女大学生名叫方心。她个头不高，微胖，皮肤白皙，长相称不上甜美，但却活泼靓丽，一双好看的眸子为她增添了不少光彩。让人高看一眼的还是她的文学才华。他毕业于北京师范大学中文系，文学是她的第二生命。参加起草小组讨论后，她不仅成了大家的开心果，而且也为小组增添了一抹亮丽的风景。也许是"男女搭档，心情舒畅"，抑或是心有灵犀的愉悦，小组讨论时欢声笑语不断。大家谈古论今，海阔天空。女性特有的细腻和柔美弥补了原稿阳刚有余、阴柔不足的缺陷，尤其是配上恰如其分的语言外衣，文稿越改越精彩，不仅有血有肉，而且也多出了几分灵气。

有人说，人们仰慕或嫉妒对方的都是自己不足或缺少的那部分。石诚和方心就属于前者。他们彼此欣赏对方的优点，又彼此浇灌对方着力培育的生命之花。渐渐地，他们的交往中多出了一些工作需要之外的情感。当双方都意识到石诚已结婚生子、再往前走一步就会鸡飞蛋打后，几经纠结，最终，心中的道德和钟爱的事业抑制了这种感情。方心在石诚的支持下，提前结束实习离开了滨江，从此音信全无，留下了可供石诚一生反复咀嚼的美好回忆。当时他们谁也没想到，这一别竟是永远！此后，每每念及此事，虽有遗憾，但他也很庆幸当初那临门一脚的紧急刹车，没有让他做出出格的事，才能有此一世的安宁。

人生最惬意的时光往往易逝，稍不留神即成追忆。在这活力四射的岁月，自己的努力能够得到领导，尤其是自己崇敬的领导的肯定与赞赏，特别是，能够实实在在为老百姓做点事，石诚感到所有的付出都值得。回首自己走过的路，正应了领袖的那句话："任何时候都不要向组织伸手，背后总会有人给你打分。"

在书记、市长榜样力量的感召下，石诚的人生目标进一步清晰：争取主持一企或主政一域，繁荣一方经济，造福一方百姓。

随着书记、市长的先后离岗或调离滨江，石诚的工作开始了新的适应阶段。虽然今后的路可能崎岖不平，但前有榜样，身有体验，他感到无比的自信与踏实。然而，让他怎么也想不到的是，此后再也没有出现这样让他激情迸发的时光。

你永远唤不醒一个装睡的人

　　新任市长刘天贵新官上任烧了三把火，这第一把火就是修路。"要想富，就修路"，这是当时比较流行的口号。此时石诚已回市政府工作，主要协助分管副市长抓好经济工作。这次修建市区与港口的大通道，石诚担任"前线指挥"。

　　修路最头痛的是征地。在负责征地的县、乡政府和村委会三级表态可以动工后，石诚带领工作人员与两级政府官员和村负责人走访沿路涉及征地的自然村村民组长，查问他们征地款有没有拿到手。他们都说拿到了，并都同意第二天动工。动工当天，分管副市长在离现场不远处观看，随时准备"救火"。石诚现场指挥调度。让他始料未及的是，当挖掘机等施工设备沿老路进场时，遭到了村民们的坚决阻拦：一群老年人和中年妇女一排排坐在道路中间，挡住施工车辆去路。他非常恼火，在三言两语劝说无效的情况下，下令随行来的公安干警一对一拉走拦路村民，强行施工。

　　人常说，初生牛犊不怕虎。但令他没想到的是，他的指令却引来了村民们更加激烈的反抗。妇女们被拽走，但十几位老年人却在十几台挖掘机、铲车等重型机械的隆隆轰鸣声中直接坐到铲车铲子上。后来赶来的几位妇女干脆把外衣、纱线衣脱下，蘸上她们挑来的人畜粪往石诚头上扣。如果不是随行的公安干警手疾眼快，他就可能成为"落粪鸡"了！这时副市长紧急下令"停止施工！"首战失利，石诚非常懊恼，同时也十分不甘。

没有调查就没有发言权！第二天上午，他未通知县、乡、村三级单位，只身来到几个自然村了解情况。找到第一位曾经当面同意施工的那位村民组长后，他没好气地问道："你们为什么出尔反尔不让施工？前天，你不是代表村民答应好好的吗？"

"为什么?!你问我，我还要问你，钱呢?!"那位村民组长理直气壮，丝毫没有认错的意思。

"钱？市政府不是在一周前就下拨给你们了吗？你前天不也说拿到手了吗？"

"你们？你们是指谁？对，我是说过收到钱了，但我告诉你，我们老百姓只收到每亩一千元定金！"

"什么?!当时你为什么不说清楚？"

"说清楚？你带着三级领导来，你当我是傻子啊，当面冒犯领导？"

"啊！"石诚一下子清楚了！"官僚主义！官僚主义！"他深深地自责着。这次的教训使他深刻地认识到，与政府打交道，只要老百姓坚决反抗时，其中必有重大隐情。他的这个认知，在以后他处理或他参与处理的征地问题、农企关系时数次得到验证。从此以后他就以此为镜，调查工作常常是轻车简从，直插基层，掌握第一手鲜活材料，竟屡试不爽，从未失手。

这第二把火，就是强化招商引资。这是新任市委书记钱峰力主要政府抓好的重大任务。市长即确定由石诚具体主抓这项工作。在外贸资深老将的支持下，他们在全省率先推行外贸体制改革，实行大外经贸战略，将各自独立的外经、外贸、外资"三驾马车"并为一体，成立滨江市对外经济贸易委员会，形成"三'外'合一、政企分开、招商引资一条龙服务"的改革发展模式。新模式契合了大环境，展现了强大的生命力。第二年，滨江市就实现了生产企业自营出口创汇、保税工厂、保税仓库三个零的突破，自营出口创汇、全市出口创汇、全市出口供货均比上年增长七成以上，有的还翻了一倍半。

外经贸改革措施刚一落实，滨江市即迎来了第一个港资客商。市长和分管副市长即点名石诚代表市政府全权负责与外商周先生的项目落地支持政策谈判工作。由于是滨江第一个涉外（港）项目，合作成功，示范意义要大于经济意义。在谈判小组相关专家大致测算预期成本、收益后，石诚决定大胆让利于港商，以确保首战成功。谈判小组的建议经市长办公会通过。在优惠政策扶持下，项目如期实施，很快就获得了丰厚的利润。

开发商周先生非常感慨滨江市领导的开明，同时也感谢相关决策参与者和执行者。一天晚上，他以有紧急事情需要向石组长汇报为由，来到石诚家，在说完一通感谢之类的客套话后告辞时，顺手从包里拿出一个精致的香港产的文具盒放到桌子上："这是我从香港带过来的小礼物，送给孩子，请收下。"看着闻声过来的小玉成眼巴巴地盯着漂亮的文具盒的样子，石诚没有推辞："好！周先生的美意我领了！"说着，随手从桌边柜里拿出一包茶叶递过去："这是滨江特产，也请周先生笑纳！"周先生也没推辞，满意而去。

客人走后，石诚打开文具盒，"啊！"竟然全是金制的文具！怪不得拿在手里这么沉！石诚这一惊非同小可。此时周先生估计已走远，到哪里找去呢？

第二天上午刚一上班，石诚就让工作人员通知周先生到他办公室汇报工作。客人一落座，他即关上门，完璧归赵。周先生非常诧异："石组长：你这不是让我难堪吗？说实话，我不止送你一个人，而且给你的是最少的。我还没遇到像你这种情况，除了你们那位已经高就的王市长。"

"？"石诚疑惑地看着他。"不过，他根本就没收。当时他说'周先生，我还年轻，我不希望这点金子挡住我的去路！'他这样说，我还怎么好勉强呢。"周先生看着石诚不容推辞的表情，边说边收起礼物。

毕竟是大领导，连拒收礼都这么有水平！石诚心里感叹道。不过，学到这一招，倒让他受益了几十年，免去了多少麻烦和尴尬！

这第三把火，就是整顿矿山。随着私营经济的大发展，零星矿石有了买家，矿山乱挖乱采问题越来越突出。刘天贵在当分管副市长时就比较头痛。于是有人向天贵市长建议，这个瘌痢头的事可以让新官上任的石诚来做。一来给他锻炼机会，二来弄不好大家也可以理解。对矿山工作他是外行，所以接受任务后，他就约请矿管局长和经委总工程师两位资深专家随行。首先到规模最大、形势告急的国有红星铁矿现场办公。

不看不知道，一看真的吓一跳：这是一个积累多年的沉疴。由于乱挖乱采，矿山排水渠已面目全非，矿山废水和碎矿石正在淹没、覆盖越来越多的农田。据两位专家介绍，最近几年，周边农民为此和矿上闹得不可开交，历任政府领导每年都要去协调，每次都要撒一点钱才能平息。当时正值暮春，离雨季到来只有一个多月，事情刻不容缓。"如果突发山洪，已经投入近500万元的露天矿就会被淹没，后果不堪设想。"矿管局长忧心忡忡地说。听到这里，石诚心中已大致有数。首先要解决当务之急：疏通排水渠。

参加会议的矿农双方代表已经是老对手了。乡党委书记、乡长历数农民的损失和不便。矿长就历年支付给农民的损失费慷慨陈词，并且诉说最近农民屡次挖断进矿道路，剪断矿山输电线路，使矿上苦不堪言。

在去矿山的路上，从两位局长、总工的介绍中，石诚得知，过去谈判都是两股道上跑的车，即矿山算农民的账——你损失了多少，我赔给你多少；农民算矿山的账——你赚了多少，也不能忘掉咱农民兄弟。二者永远不交集。现在他要双方自己算好自己的账，寻找自己利益得失的平衡点，他们来帮助寻找双方利益交集点。

石诚侧过头去问总工："如果开挖修建一条带有石料护坡的永久性排水渠，需要多少钱？多长时间？"

总工略一计算，说："按当前市场土石方价格和劳工价格的平均水平大约是12万元，一个月时间。"

"如果按上限呢？"石诚问。

"大约需要 16 万元。"

16 万对 500 万！这还不包括可能停产的间接损失。尤其是现在多付点小钱，对于稳定矿农长远关系意义深远，值得！在与两位专家耳语后，石诚随即宣布："矿上按上限支付乡里 16 万元。另，每提前一天，奖励 1 万元。怎么样？"

乡里两位负责人怀疑自己耳朵听错了，哪有这等好事！只是老矿长急得要跳起来。本来按上限矿上就多付了 4 万元，他就很难接受，现在还要搞个什么奖励。毕竟，以前历届市领导来最多也就是十来万元，这次如果再奖励几万元，不就是双倍的赔付吗？于是，他看着这位比自己年轻很多的政府新秀，激动地说："矿上现在正在投入期，经济也很困难。政府一张口就要我们拿出多少多少钱，就是我答应，班子里其他同志也未必答应。这个，我们要研究研究，今天不好答应！"

"黄矿长，今天我是受市政府领导委托，全权代表市政府来处理你们双方反映的问题。你若不服，可以到政府去反映，如果政府领导推翻了我这个决定，我就辞职！在政府没有新的决定之前，你们先执行。否则贻误了时机，你负得了责吗？"石诚坚定地说。就为这 20 万元，老黄当然不会去告状，答应资金及时到位。市矿管局长自告奋勇担当第三方见证人。乡政府也表态，有市政府做主，工程将如期开工。

接下来，治标更要治本：解决乱挖乱采乱象。石诚趁热打铁地召开红星矿周边采矿小企业代表会议。他首先动员最大的石亦满矿业服务公司带头停止开采，待与矿山协调规范后，经市矿管局批准方可继续采掘。这石亦满来到滨江，没有沾到石诚一点光，反倒被拉来为他整顿矿山祭旗，心中难免想不通。一时间场面陷入尴尬。

坐在石诚身边经验丰富的矿管局长看到这个场面，深深吸了一口烟，慢悠悠地说道："我倒有一个主意，将石亦满的公司收归红星矿所有，红星矿适当注入资金，成立红星矿山服务工程公司，让他们专做矿山边角料收集和后勤服务工程。"如此处理，亦满也不好说什么。然后，老局长环顾左右，最后将目光落到石亦满身上："石老板，那些愿意加入你公司的采矿大户你可以收编到矿山服务工程公司。对那些零星散户，是外地的一律遣返，当地的交由地方政府妥善安置。"头脑活络的石亦满虽然心中暗喜（背靠大树好乘凉），但表面上却以失去自由经营权而显得勉强。那些还未反应过来的小老板们也表示同意。老局长献的这一计近乎釜底抽薪，石诚当场拍板赞成，并表示待完善手续上报市政府批准同意后即可实施。

矿山排水渠如期施工，提前竣工，暴雨和山洪也如期而至。如果不是民工加班加点，提前六天完工，后果真的不堪设想！现在，矿山无恙，农田安好。

风雨过后，黄矿长来到石诚办公室表示感谢。乡里党政负责人则直接到政府领导那里说石诚"有魄力、敢负责"云云。一时间震动了政府领导。不久，市长即找石诚谈心，要他辞去兼职的外经贸工作职务，全力协助分管副市长抓好工业生产。此事因上层意见不一致而搁置，市长则因石诚没有主动提出辞去兼职而不快。在多次见到市长都讨了个没趣后，石诚感到很困惑，百思不得其解。于是他去找昔日要好的同事陈笑天讨教。

陈笑天，人称"智多星"，这个中文系毕业的高才生对为官不感兴趣，却对官场了解得十分透彻。虽然比石诚小十多岁，但他一直在机关要害部门工作，比较了解机关套路，看问题往往一针见血，为人也比较热心。

在了解了事情原委后，他说："你的问题的症结在于，你只注意埋头拉车，却忘了抬头看路。当然这只是个比喻。看路，就是事先要看好风向，了解领导意图，事中和事后要及时向领导汇报，除非领导事前说明无须请示。"

"哦，原来如此！"石诚似有所悟。

"事情还不止如此，还有更大的奥妙在后面。"笑天抬头看看一脸懵懂的石诚，顿了顿，像是在卖关子，又像是在察看这位朋友的心理承受能力，"你想，这个瘌痢头项目历届政府领导，特别是天贵市长在当分管副市长时都没处理好，你去三下五除二就解决了，而且还有人到政府来为你请功，换作你当领导你会怎么想？"

"这，这么说，这件事一开始就是一个坑？"石诚轻声地说，像是在自言自语。

"哈哈，你总算聪明了一回！"笑天大笑。石诚也笑了："喂！'智多星'，我再问你一个问题，这是领导交办的任务，如果换作是你，你会怎么办？"

一缕轻烟从笑天口中徐徐溜出，在空中现出了一个圈子，紧接着又一股烟柱穿圈而过，形成了一个完美的造型："很简单，欣然领命！但临门一脚要让领导去踢。不过，事前你要把球传递给领导，提个'建议方案'，让领导拍板。"

至此，石诚才恍然大悟：现在的领导不一样了！看来小时候年生常说的"什么人什么待，什么人吃什么菜"还真的有点道理！

至于职务去留问题，笑天说："你完全没有必要为领导背锅。"

"？"石诚茫然地望着他的这位至交。"你可以明确表态，听从组织安排。"

"你想，如果书记左右不了市长，你为书记扛担子能扛得住吗？如果市长抗不住书记，那么，不离职的责任就不在你了。"

"妙哉！以不变应万变！"石诚如醍醐灌顶。

对于这位多少有点书生气的朋友，笑天进一步的点拨："现在，你大小也是个'领导'了，要学会妙用'组织'这张牌。"

能者多劳。石诚因为能干，成了市政府的"救火队长"。此后几年，什么矿山塌陷事故、化工厂爆炸事故处理，什么重大工程征地拆迁协调等都忘不了这个干才。当然，头衔都很光鲜："滨江市人民政府×××工程领导小组组长"或"协调小组组长"。为了证明自己并没有什么其他想法，只想干点事，每次领导交办的事他都慎终如始，如履薄冰，尽最大的心力去办好。

这不，这年，滨江市一个具有全省重大影响的省市重点路桥工程项目竣工，天贵市长点名石诚担任竣工典礼及配套工程项目总指挥，头衔就是市委、市政府滨江路桥工程项目协调小组组长。接手任务后，石诚马不停蹄地带领小组成员到全国几个类似项目去考察学习。回来后，他们博采众长，搞了个具有滨江特长的典礼方案：不仅有气势恢宏的摩托车、汽车方阵，路桥工人方阵，还在全省第一次让老年腰鼓队在典礼中亮相，形成童星欢乐队、英姿飒爽队、壮汉舞龙队、老年腰鼓队狂欢长龙。典礼那天，蜿蜒十几公里的道路及两旁车辆、人流安排得井然有序，未出一点差错，典礼取得空前成功。前来参加典礼的国家部委领导都非常满意。省委书记非常兴奋，连问："这个方案是谁搞的？"作为典礼总指挥，石诚顺理成章地走上前去准备汇报。这时，他却被领导快速用手拦住，然后由另一位政府领导代其汇报。领导小声对他说："负责这么大的工程典礼，你的职务太低，讲出来恐怕省委书记不高兴。你的功绩我心中有数。"石诚苦笑了笑。

即便如此，石诚仍然没有改变自己的境遇。与王市长"扬善于公堂，归过于密室"的行事风格不同，现任市长有事没事的经常在大小会议上点名批评石诚，而对于自己承诺过、不得不表扬石诚的事则以一纸成色不怎么样的奖状代之。

又过经年。滨江市遇到五十年一遇的大洪水，沿江北岸的澜江大圩破了。为示重用，市长在市委常委会上郑重提议，由此时已在市委机关任职的石诚担任市委市政府澜江圩救灾领导小组组长，并专门找石诚谈话："这次澜江大圩破堤，三万多名群众无家可归，特别是圩破得突然，圩内淹死的家禽、生猪和牛羊等动物尸体很快会腐烂。因此，救灾既要解决群众安居问题，又要重视防疫问题，同时还要考虑灾后重建。"

　　看看石诚在认真听着，市长接着一脸庄重地说道："考虑到任务艰巨，市委常委经过认真讨论，认为你既有多年与农民打交道的经验，又有一定的资历能够协调市直有关部门和县里统一行动，由你担任市委市政府澜江大圩救灾领导小组组长，市委和政府领导都放心。"

　　看到石诚既没有为难的神色，也没有表现出应有的兴奋，刘市长意味深长地说："石诚同志，我们市委市政府就需要你这样的人才。当然，我一个人说了不算，关键还要你自己拿实绩来证明。相信你一定不会辜负市委市政府领导对你的殷切期望！"

　　话说到这个份上，石诚虽深知领导后面这些话的分量究竟有多重，但又无理由推辞。毕竟这么多老百姓在受苦，自己怎么说也有这个义务。于是，他言不由衷地说："谢谢领导的关心！"

　　只见市长还在耐心地等待着他的下文，他调整一下情绪，不无悲壮地说："我一定尽力而为，努力完成市委市政府交给的任务！"

　　刘市长长长地松了一口气："我知道你是一个知难而上的人。为了你工作方便，政府决定为你配一台专车，24 小时，随叫随到。"

　　翌日清晨，石诚早早地来到江边。只见浑浊的江面水涌浪卷，江水几乎要漫过江堤，江面比平日要宽阔一倍以上，对面的澜江圩圩堤断断续续地露出江面，活像浮游在水面上的龟壳若隐若现。他与市总工会抽调来的小刘乘坐渡轮向对岸驶去。

江面上浪淘风簸，平日里稳如邮轮的渡船此时也如一叶小舟随风起舞。渡轮上稀稀拉拉站着的几个乘客不得不就近扶着船上的支柱或栏杆才能站稳。渡轮边偶尔漂来的动物和人的尸体，平添了乘客们的几分不安与恐惧。石诚和小刘对望着没有言语。本来说好救灾小组一共从市直相关部门抽调十来个人，结果大都以单位事多为由未来报到。

船到对岸渡口，一脸疲惫的乡党委书记和乡长已在岸边等候。乡党委书记和乡长简要地向他们汇报了灾情。然后，他们乘坐解放军部队送来的冲锋舟巡察澜江圩。三万多亩耕地面积的大圩只能偶尔看见几户楼顶和星星点点的树梢露出水面，目之所及，一片汪洋。江北大堤上密密麻麻安置着国家下拨的、各地捐赠的各色各样的帐篷和家家户户晾晒的衣服、床单排成一字长蛇阵。

江堤上原有的零星散布的几户水泥、砖瓦结构的建筑分别成了市、县、乡三级救灾指挥部、指挥所。不能不说，灾情比他们想象的要严重得多。他们首先从防疫抓起，动员市县医疗、物资、供销等部门抽调人力、物力密集消毒。七、八月的江南天气闷热难耐。中午，江面上热气蒸腾，他们只能从江里取水做饭，就着咸菜、榨菜吃饭。有次饭菜刚端上桌，上游就漂来一具膨胀的尸体。这饭吃还是不吃？不吃，晚饭就一包方便面。吃又实在吃不下。更让人难过的是，江边夜晚的蚊虫又多又大，一旦光顾到你，即便你将皮肤抓到出血仍不止痒。就这样，他们小组连后来的同志一起一共三人，除了隔三岔五的大家轮流回家洗澡、换洗衣服外，一直坚持了两个多月，直到洪水退去，村民们按部就班地开展生产自救。

刘市长没有食言。石诚一回到办公室，一纸盖着市委市政府"抗洪救灾领导小组"公章的奖状如期而至。倒是县委县政府主要负责人因抗洪救灾有功被双双提拔到市委市政府领导岗位。本来，这种提拔也属正常的组织调动。让石诚不明白的是，在二十世纪九十年代末期的中国，电话早已普及，砖块大小的"大哥大"和BP机早已开始使用。而根据上级调查组的报告，此时的澜江圩破圩却是用两千年前就使用的烽火狼烟和敲锣来报警、通知下游村庄，县、乡根本没有防洪预案，导致本来可以安全撤离的下游群众措手不及，损失巨大。此时，他对信奉多年的"任何时候都不要向组织伸手，背后总会有人给你打分"的信条开始有所怀疑。

不过，很快他就得悉，那两位乡党委、政府负责人因没有制定防洪预案而被追责，一个调到偏远乡任副职，一个调到县冷门单位挂个闲职。

事隔多年以后，石诚在和见证这一切的笑天谈起这事时，不无感慨地说："其实，在人生不如意时，换个姿势活着也许更好。其中一时的'躺平'也不失为一种选择。比如，从路桥工程典礼那件事后，我就应该学会'躺平'。有时候，'躺平'是为了更好地雄起。"

"的确如此！有时候，'躺平'或者说等待也是一种智慧。"笑天知道，滨江前辈领导人中就有人每当"运动"到来时他就住院，躲过风头或在同僚都斗得两败俱伤时，他就适时出现，结果官越当越大。石诚同事当中也有人多次巧用"躺平"和挺进交替前进，结果成功地越过了昔日同事或领导，成为官场赢家，反向演绎了官场赛道上的"龟兔赛跑"传奇。

石诚至今都还记得那次笑天与他谈话时的独到见解："不过，这'躺平'也有讲究。凡是不想摆烂的人都不是真正的躺平，无所作为。就像鸭子浮在水面上，表面上看不动，但它在水下的双脚可没有闲着。"笑天总是能在句号后面引出一个出人意料的感叹号："'躺平'的最高境界就是会利用这躺平化被动为主动，把坏事变成好事！"

话说石诚救灾归来，工作尚未接上手，正当闲着无事时，新任市委书记曹刚找到他：为了给滨江人民群众创造一个美好的工作生活环境，市委决定争创全国文明城市，要他担任市文明创建现场总指挥，而书记自己亲任市创建领导小组组长。

"这个任务确实是'光荣而艰巨'的。一边是，滨江市与全国文明城市的考核标准差距还很大，需要花大气力赶上去。另一边是，大量的下岗工人沿路摆摊设点，自谋职业，影响城市市容市貌。相信你会处理好这个关系！不过，你不用担心，遇到大的难题还有我这个组长嘛。"书记拍着石诚的肩膀，当着市委副书记乔为民的面说："你这个人口碑很好，市委市政府的人都说你好。你好好干，我心中有数！"

虽然这类话自从天贵任市长后他就听得多了，但他还是接受了这个挑战。

　　知情人向他暗示：这个时候你可以"上菜"了！"你现在是万事俱备，只差这关键一步了。"然而，他想凡事总有例外。他还是要以自己的苦干实干感动"上天"。于是，接手这项任务后，他一刻也不敢怠慢，除了紧锣密鼓地开会部署安排全市创建工作外，还经常在夜晚十一二点钟、早上五六点钟就去大街小巷察看道路占用和街道保洁情况。终于有一天，几位摊贩认出他就是要砸他们饭碗的"始作俑者"，准备将一锅滚开的热油泼向他，幸好他及时避开，才躲过一劫。

　　此时，岳父一家要他效仿前例，去市委据理力争，讨个说法，然而他怎么也迈不出这一步。他们对他的窝囊和不顾家已经到了难以忍受的地步，家庭大战不断升级。

　　真是"长恨人心不如水，等闲平地起波澜"。正当石诚为工作、为家事苦恼不已的时候，一则流言成了压垮他们婚姻的最后一根稻草。岳父一家一口咬定他经常半夜三更出去名曰"检查"，实则去干那些见不得人的事，妻子更是不容置辩地提出了离婚。他一下子跌入了万丈深渊。窝囊、嫖娼、离婚，箭箭穿心！一直在荣誉场中长大，内心刚强不服输的他忍受工作上的委屈已经耗尽了全部的心力，再也承受不了这些招招毙命的打击。他第一次想到了轻生，并开始绝食。

　　第一个来看望生病在床、孤苦伶仃的石诚是发小王年生。年生因工伤事故落下残疾后调到市属一个工业企业后勤部门工作。虽然工资微薄，但夫妻俩带一个孩子日子过得也还平静自在。没想到，两年前席卷全国的企业改制、职工下岗潮将年生夫妇也裹挟其中。在此次国有企业"三转"改制（即：政府转让产权、职工转换身份、企业转换机制）浪潮中，数千万国企干部职工或主动或被迫买断了工龄。买断工龄是当年一些经营困难的国有企业改革经营体制、消化富余人员的一种通用做法。一纸合同，两三万元钱（职工上年工资的三倍），职工和企业从此分离"两不找"。下岗后的职工，没有了国有企业职工的身份，没有了每月期待中的工资，一切都得从头来。这部分人有的留在改制后的私营企业当一名合同制工人，有的到别的私营单位打工，有的选择自主创业或自谋职业。

虽然王年生现在也是下岗工人，也是在路边摆摊谋生的人，也常常被石诚指挥下的城市管理执法大队赶得东躲西藏，但此刻他能理解这位从小在家乡就有点名气的大哥心中的苦。看到年生每天二十四小时陪着他，石诚心中百感交集。

年生因身有残疾，再就业困难，爱人是一名纺织企业挡车工，没有其他一技之长。夫妻俩选择自谋职业。他们看到纺织厂一些下岗职工在原厂销售人员的指点下，抓住沿海与内地信息不畅、服装差价比较大的商机，到广州、厦门等沿海城市购进服装，在本市做服装生意，比较有赚头，就咬咬牙，用夫妻俩买断工龄的四五万元钱，租了个门面开了一家服装店。然而隔行如隔山，那些久经沙场的批发商误导他们总是进一些陈年旧款服装，不到一年，他们就亏得血本无归。这时，他们眼光放低，发挥自己的强项，开了一家小面馆，小本经营。开始生意还不错，但好景不长，看到他们生意红火，左右隔壁、对面街头巷尾先后生出了很多家面馆、酒楼和小吃部。同行相杀，一片狼藉，无奈只得退出，选择做成本更低的摆地摊生意。没想到刚开始摆地摊不久，就又碰上城市文明创建。

当得知石诚负责文明创建一事，年生就到石诚办公室，欲言又止，暗示他能否给他安排个固定摊点，因为这事早有先例。市里为了解决部分困难职工就业再就业，在每条街道都划定部分区域设置一些邮政报亭和卖香烟、零食、冷饮等便民杂货亭，年生当年的一个井下同事就曾申请到这样一个摊点。石诚也曾亲手安排过几户上访群众这样的就业岗位。不过，那些人似乎都比年生家庭更困难些。所以，他就婉拒了年生的要求，年生也没有再来找他。唉！现在固定摊位早已安排完毕，当时要是办了也就办了，毕竟年生也有残疾证和下岗证，这既不违背政策，也不会有人说上什么。特别是，这几年，他经常出差或到基层蹲点顾不了家，都是年生夫妻俩隔三岔五地帮助他去学校接玉成。他没有帮上年生什么忙，反倒又给他们添麻烦了，他心中十分过意不去。

王年生每天不离左右地陪着他，苦苦相劝："诚哥，小时候你就是远近有名的孝子，你这样丢下伯母她老人家，白发人送黑发人，你不是要老人家的命吗？还有，玉成这么小，如果他从小就失去父爱，这一辈子还谈得上幸福吗？这一点，我可是深有体会的。你知道，我父亲去世早，到现在，儿时受人欺负的自卑感都还留在内心深处。"

年生的这番话直击石诚心灵的柔软之处。他想：是啊，爸爸妈妈含辛茹苦把我养大，我就这样一"走"了之吗？孩子无可选择地来到我家，我就这样无情地丢下他不管？我不能太自私！不能只图自己一时的了结，而不顾及挚爱亲人的感受！

年生接着说："我没有你文化高，没有你知道得多。但我知道'家家都有一本难念的经'。你不是常劝我，成年人的词典里就没有'容易'二字吗，尤其是像我们这样的中年人，上有老，下有小，哪个不是笑给别人看，哭给自己听！"

看到石诚眼里噙着泪水，年生停止说话。此时石诚不是为自己难过，他是想到了年生一家这几年的艰难。夫妻俩双双下岗，没有稳定的生活来源，还来照顾自己！

似乎看出了石诚的心思，年生话锋一转："但话说回来，哪家父母不是这样把孩子拉扯大的呢？看到孩子活蹦乱跳的样子，父母又会觉得这样做值得！"

"是的，是的！"石诚终于开口说话了。年生趁热打铁，继续说："诚哥，你读了那么多书，从小就是我们的榜样，国家又培养你这么多年，人家都说你是个大才子，你还要想着再做一点大事，讲大道理是为国家做贡献，讲实在的是为我们的家乡争光，也让我这个没出息的兄弟讲到你时脸上有光！"

年生的话一下子说到了石诚的心坎上。死，只需要一时的勇气，但活着却需要一辈子的坚强！从来不服输的他，这次也绝不能认输！他要好好地活着！他答应年生会坚强地活下去。年生的爱人每日三餐变着法子做可口的饭菜送来，他又感受到了大家庭的温暖。

不想，日子刚归于平静，就让年生年幼的孩子外号"小憨子"的童言无忌打破了。那天周末，小憨子给石诚送来一份板栗烧仔鸡，石诚要他稍等饭做好了一道吃。但他却说："不，石伯伯。我爸要我把菜送到就回家。"

"你爸为什么没来？"

"我爸？……爸爸不让我说。"

"你说，没关系。伯伯又不是外人。"

"我爸和我舅舅吵架了！"

"啊?! 为什么呢？"

"我舅舅说我爸欠他的钱老是不还，还要再借。可我爸这些天又没有去摆摊，哪有钱啊！"

在孩子面前他强忍住泪水，连哄带骗地把小憨子留下一道吃饭。看着孩子狼吞虎咽的样子，他再也忍不住流泪了，他亏欠年生一家太多了！

正在石诚愧疚、自责的时候，年生来告诉他一个"好消息"：他已踩点多次，准备在开发区公寓楼对面重操旧业——开一家面馆。年生说："开发区规划建设把生产区与生活区分开，职工公寓只有一个职工食堂和一个小卖铺。他认识一位开发区领导，软磨硬泡，他们同意他在那里开一个小面馆，主要为晚班和夜班职工服务，就是人吃苦点，生意肯定不会有那么激烈的竞争。"

石诚听了比年生还要高兴。第二天正好是周日，石诚陪年生到现场看了那家门店，位置倒还不错，斜对面就是白沙湖公园。年生要他给小店起个名字。面对白沙湖稍一湾湖水，他灵机一动：小店的名字就叫"浅水湾小刀面"！他想，对面的写字楼和后面的公寓楼里都有不少知识分子，小店应该要有点文化品位。于是他对年生说："做就要做出个品牌来，

'人有我好'！可以学习德国和日本的做法，把家庭作坊做成百年老店。"

年生连连称好："不过，诚哥，为什么不叫'白沙湾'，而叫'浅水湾'？"

石诚说："'白沙湾'没有'浅水湾'名气大。'浅水湾'是香港的著名旅游景点。这白沙湖也有沙滩，能够让人联想到'浅水湾'。"

"哦，看来这名字就很有学问。怎么做，还要你多指教。"在发小面前，石诚也不谦虚："首先是品质，价廉物美；其次是卫生，菜肴和环境都要干净卫生；第三是服务，要让人有种宾至如归的感觉。"说到这里，他突然想到了一副对联："一碗热面解乡愁，惬意港湾便是家。"

"好！开发区里的上班族都是来自五湖四海，不少都是外地人。看到这对联，一定会勾起他们乡愁，要来这里找找'家'的感觉。"年生说到做到，他和爱人通宵达旦，悉心经营这家小店。他爱人拿出祖传"小刀面"的绝活，越做越精。他自己负责营造温馨的环境：流水洗菜，笑脸相迎。

小店的灯火在高楼林立之下燃起了一丝烟火气，让晚班和夜班归来的游子们第一时间感受到人间温度。

经过这次劫难，年生一家就成了他的挚爱亲人，他和年生也常常推心置腹，彻夜长谈。终于有一天，当年生讲到这世道纷争人心不古时，他再也顾不及所谓老大哥领导身份了，将憋了许久的一腔苦水全都倒了出来："年生，你说，我是那种人吗？这栽赃总得有点影子吧？"

"栽赃？你知道谁在栽你的赃吗？"年生说，"这正是我今天来要跟你说的。"

"还不是那家人！想离婚也不能那样缺德！"石诚余恨未消。

"诚哥，你最近有没有听到关于你的什么议论啊？"想到前些日子石诚单位不少同事都来看望过石诚，他试探地问。

"还不是那个破事！中国人大都喜欢议论别人的离婚，因为他们觉得这是对家庭不负责任，或者简直就是伤风败俗。我以前就是这样看待甚至议论别人的离婚的。看来还是那句老古话说得对啊，'不吃别人的苦，就不知别人的痛'！唉，这也许是一个报应吧。"

年生没有接着石诚的话说下去，继续按照自己的思路问道："某月某日晚上，你有没有去过红都大酒店？"

石诚想了一下："不就是上个月有个星期六晚上吗？去过。怎么啦？那是宋副市长出国回来要我们到一起聚聚。"

年生若有所思地点点头："那就对了！"

"你葫芦里卖的是什么药？什么'对了''对了'的？你到底想说什么？"看着年生欲言又止的样子，石诚有点莫名其妙。

"唉，这话也只有我这个兄弟对你讲，我怕你一直蒙在鼓里，以后在工作上吃亏啊。"年生终于下决心和盘托出，"有人说，那天晚上你在红都大酒店嫖娼，被抓了个现行，这才导致你离婚。我也是刚听到的。"

原来如此！石诚瞪大眼睛，半天说不出话来，事情远没有像他想象的那么简单！他这才想到，怪不得这些天周边人见到他都神秘兮兮的，连经常打交道的同事见到他都是若即若离的，看来这谣言只在他周边止住！

"人常说'好事不出门，坏事传千里'，现在全市都传疯了！"年生索性把话说完，"我也不相信你会干那种事！可是谁叫你到那种地方去呢？谁都知道，那个外资酒店是滨江最涉黄的酒店。"

愤怒之余，石诚在想："是谁在落井下石呢？是我平时工作太认真得罪了什么人？不对。我从来不去红都大酒店，就那么一餐晚饭正好被哪个冤家撞上？哪有那么巧？难道是宋……不，不，这不可能！这绝不可能！虽说宋过去和自己交情不深，但也算是老熟人了。说起来，宋还应感谢自己，怎么可能这样待我呢？"石诚脑子里浮现出一年前发生的那一幕。

那是一个周五的上午，八点不到，在市四大班子大院大门前就陆陆续续聚集了一批人，这是在全市最繁华的中山路上，领导也没有太多的关注。上班后，一下子有两三百人涌入大院，那时还没有保安值班，只有一个门卫兼信访接待室，当然无力阻拦。涌入大院的上访人群齐声高喊："刘天贵，你下来！刘天贵，你下来！"此起彼伏的叫喊声把正在办公的机关人员都引到了窗前。那天市委正在例行召开常委会。天贵市长马上安排分管信访的宋副市长下去过问并平息事态。宋副市长立即喊上未进常委的市委秘书长和市政府秘书长展开与上访人群的对话。让他们感到压力山大的是，每逢这样的情况，总有人不嫌事多，无端地来凑热闹。这时，上访的人群和逛街的人群合为一体，大院内外，中山路上挤满了人。

随着对话的进行，人也越来越多，声音也越来越嘈杂，城市第一主干道中山路已经完全堵塞，无法通车。情急之下，宋副市长想到了石诚。原来，这是市属一工业企业因为改制（股份制改革）停产，工人已有三个月没发工资了，工人是来要饭吃的。石诚本来跟信访工作无瓜葛，但宋副市长说，他协助分管副书记联系经济方面工作，接待上访工人可以对症下药。

临危受命，石诚这个只重研究事、不擅长琢磨人的书生没想许多就上阵了。当他从宋副市长等人那里了解到工人的主要诉求后，就要求企业负责人和工程技术人员留下来商讨改革和复产并行方案。临近下班，得到了回话日期的明确答复后，上访人员才陆续散去。

想到这里，他头脑里出现了一个无解的问号：我在关键时刻救了宋副市长的场子，按说他应该感谢我才是，怎么可能落井下石呢？难道是那次在四大机关人员面前抢了副市长的风头埋下的祸根？

他不敢再往下想，也不愿意往深处想，只觉得这里面水太深。

见石诚长时间沉默不语，年生说："你不可能对每个人都解释，更不可能封住所有人的嘴。现在要想想怎样才能辟谣。"石诚这才从纷繁复杂的思绪中回过神来，"是的，是的"应声着。他在想，市委曹书记来滨江时间不长，不太了解他，乔书记对他应该是知根知底。对，找乔书记去！

怀着难以名状的痛苦，石诚来到市委副书记乔为民的办公室。

市委副书记乔为民从学校毕业后分配到滨江市，为人低调，从来不在人前人后说长道短，无事时也很少串门。不过，自从石诚调到市委机关后，他却两项都破了例。

为民书记常常有事无事就到石诚办公室坐坐。当然，他们聊得最多的还是滨江的经济问题。书记算是比较抬举他，常以这样的语气开头："现在以经济建设为中心，你是学经济出身的，赶上时候了。不像我们，唉……"每逢此时，石诚都恨不得把肚里的"货"全倒出来。他们每次都谈得那么投机。时间长了，石诚还发现，近来每次常委会上，这位不分管经济的副书记突然对经济问题产生了兴趣，每次都大谈特谈如何解决当前经济热点难点问题，而他的主要观点都是他们一两天前讨论的话题。这个发现让石诚十分高兴：自己的观点被书记采纳了！他好像事隔多年后又遇到了一位领导知音。

渐渐地，石诚对乔书记无话不谈。每当遇到市长为难他的时候，他都到乔书记那里去吐苦水。为民书记每逢此时，总是坚定地站在石诚一边。虽然他话讲得似是而非，但愤愤不平的态度总是让石诚十分感动和暖心。

这次，未等他把别人造谣的来龙去脉讲完，乔书记就愤愤地说："胡扯蛋！你别担心，常委会上我来说。如果你石诚都胡来，滨江就没有好男人了！"还是乔书记了解我！石诚满眼热泪地谢了乔书记。

不过，以后发生的事又让石诚迷茫。当时正值滨江市人大、政府和政协换届。由于年龄的关系，有的领导干部退休或转岗，市级领导岗位就出现几个空缺。哪些人上位？大家议论纷纷。论资历能力、论人品德行，石诚都在议论之列，更何况，他和乔书记的关系机关人尽皆知！这天，石诚刚到办公室，就接到乔书记秘书的电话："乔书记请您到他办公室去有事要谈。"虽然他和乔书记办公室是斜对门，却是电话通知，可见这是正规的组织谈话。

石诚一进乔书记办公室，乔书记就示意他在自己办公桌对面的椅子上坐下。"今天找你来，是想跟你说一件事。"乔书记边说，边把办公桌上的一串钥匙拿起又放下，放下又拿起，干咳两声说："你知道，这次政府换届，需要充实一些新鲜血液到四大班子里。组织上知道你很能干，政治上也过硬。本来打算给你一个更大的舞台，但是通过广泛征求意见，我虽然了解你，可群众对你不了解，是不是再等等吧？"看到石诚先是一愣，很快就恢复平静。乔书记干笑两声说："不要灰心，组织上对你是了解的，你要相信组织。"石诚言不由衷地说了声："谢谢乔书记关心！"就以外面还有人等着乔书记为由退出了他的办公室。

石诚回到办公室，还未来得及整理自己的思绪，办公室一位科员来请石诚能否赏光主持他今晚的婚礼。原来原定婚礼由常委秘书长主持，但秘书长突然接到通知要去省城开会，也只好临时拉来石诚顶替。婚礼办得成功不成功，热闹不热闹，这对一对新人来说可是一生中的大事。石诚立即将思路调整到主持人的角色上。

当晚，婚礼主持得比较成功，石诚风趣幽默的主持词不时赢得满堂喝彩。只是到了婚宴开始时，石诚又感到哪儿不对劲。按照不成文惯例，这种场合，除了先敬主桌两位新人双方父母长辈外，就是敬在场的达官显贵。石诚算是今晚在场的最大"官"，而人们没有最先来到石诚所在桌前敬酒，却都端着酒杯鱼贯而入地走到饭店一侧的包厢里去。

看着愣在桌旁的石诚，刚从包厢里出来的一位与石诚关系比较近的市直某办主任走到他身边悄悄地附在他耳边说："你不知道包厢里是什么人吧？"石诚茫然地看着他。这位主任拍拍他的肩膀说："你最亲近的领导的夫人！"石诚凝神一想：不就是一个副局长吗？看到石诚还是没有反应过来，这位主任说："你连领导夫人都不认识，可见你也没去过她家。我看你这个官也当到顶了！"说着又拍拍石的肩膀离去了。联想到上午乔书记的谈话，虽然他表面上若无其事，但内心却在翻江倒海。

其实，在知情人的指点下，他也曾想到市委领导家里去"汇报汇报工作和思想"，只是他想上班时与领导低头不见抬头见，却要晚上去领导家里汇报工作，总觉得有点不自然，因而就是迈不出这一步。直到有一次，因为工作需要尽快向领导汇报，但领导就是约不出时间听他汇报。无奈，由于事态紧急，他不得不去领导家里，想"占用领导休息时间"汇报工作。没想到，明明听到领导在家里打电话的声音，但两手空空的他却被领导家人婉拒进门。没办法，他犹豫着躲到月光照不到的一棵大树下，思考着是进还是退。而就在此时，一个熟悉的身影来到领导家门前。他定睛一看，原来是一位市直某局副局长，腋下夹着个当时机关流行的比砖块稍大的鼓鼓囊囊的公文包，径直走进了领导家门。他想等这位副局长走后再试试能不能进去。不一会儿，这位副局长两手空空地出来了。稍一细想，他如梦初醒，立即打道回府。很快，这位业绩平平的副局长就调到市直一个冷门局当局长，半年后又平调到一个委办当主任。经过一番神操作，毫无悬念地，就因"工作出色"而被提拔到市级领导岗位，成为全市又一匹横空出世的黑马。多年后，当他看到当年这位副局长及其他几位同僚纷纷因贪腐而进"号子"时，才不再对那件事耿耿于怀，而是庆幸自己不会像他们在狱中忏悔的那样，半夜听到警笛响就从床上惊坐起来，搅得自己连一场好梦都做不成。

不过此时，他怎么也没想到那位主任的这句话却不幸而言中！他在这个级别的岗位上一干就是二十多年，直到退休。而乔为民就在这次换届中接替曹刚担任市委书记，从此，再也没有来石诚办公室，也没有找石诚谈过话，他们又成了熟悉的陌生人。当然，比起那些在"不换脑筋就换人"的思想路线和组织路线下黯然下课的同仁，他还算是幸运的。

话说回来，石诚原来在曹刚任上还有一次现成的进步机会，但他没有抓住。那就是，当初开展城市文明创建时，书记亲口对他说，如果年终全省文明城市评比滨江能够进入前三名，则会给石诚一个满意的说法。现在，全省文明城市检查验收已结束，根据评分，已经内定滨江进入三甲。

正当石诚静待好消息之时，得知一位获得全国文明单位的局长要求领导兑现当初承诺遭到冷遇后，他把到嘴的话咽了回去。

　　最是人生憋屈处：有苦不能言。石诚到好友石亦满那里去散散心。没想到，亦满最近也是烦心事不断，泥菩萨过河自身难保。原来是城门失火殃及池鱼。石诚不得志后，昔日市长的好友，今日矿山新任董事长要他们学习郑州等地的做法：实行管理层收购改革。要他们矿山服务公司的几个管理者拿钱买下这个公司，将矿山后勤业务从母公司剥离出去。实际上母公司是要收回矿山服务公司成立时注入的资金，彻底甩掉这个老弱病残者居多的包袱。亦满正在纠结何去何从？

　　亦满告诉他，最近上海有几家大型国有企业正在招聘中层以上管理人员，其中就有以矿山开采及后加工业为主业的钢铁股份集团和以纺织及后加工业为主业、多元化运作的纺织控股集团。有人劝说亦满去上海应聘。讲者无心，听者有意。石诚一下子兴奋起来："我也觉得你可以去试试。我和你一道，去那家纺织集团试试，正好专业对口。"但亦满认为他到上海人生地不熟，不想冒这个风险。他说："一叶落而知秋。这滨江我是待不下去了，我想就近到同样有矿山企业的半山湖市去。因为现在公司里的就有两个部门经理来自半山湖市，他们对那里情况熟悉，熟人好办事嘛。"

　　石诚则想：滨江虽然是他的第二故乡，但他在滨江的路似乎已经走到了尽头。无论你怎样努力，都只有难事苦事与自己相伴，而好办的事和"好事"都与他无缘。一匹匹"黑马"横空出世，自己被迫一而再再而三地放下身段在昔日的同事麾下领命，却仍然只有干活的份。而他多次向组织申请换个岗位都不能如愿，只能一直扮演救火队长角色。他从大学同学那里了解到，上海干事的环境相对比较好，他对上海的印象也不错，毕竟四年的大学生活给他留下了很多美好的回忆。

想到这里，他对亦满说："在西方国家，经常叫的轱辘会被先换掉。而在中国，会哭的孩子多吃糖。尤其在滨江，不但要能干，还要会争，会来事。除了第一条可以通过自身努力来达到外，这后两条我都做不到。"

他看亦满在认真听他讲，还不时地点点头，就继续说："我唯一能选择的就是，用脚投票：走人！"而最终，石亦满选择去了半山湖市发展，石诚则在要求平调到市直一个单位的申请都被婉拒后，就果断到上海去应聘。

儿行千里母担忧。看着年过四十的儿子又要远离家门和年轻人一样去企业打拼，石母心情沉重。这位一辈子要强的母亲十分理解儿子的选择。她一边喃喃地说："你一人出门在外，要自己照顾好自己。妈有你姐照顾，你放心地去吧，不要牵挂我们……"一边转过头去偷偷地抹泪。他百感千愁涌上心头，自己奋斗了二十多年，至今还是这么孑然一身，甚至连风烛残年的老母都不能照顾！这时他想到了清代黄景仁的《别老母》诗："搴帷拜母河梁去，白发愁看泪眼枯。惨惨柴门风雪夜，此时有子不如无！"

他在心里默默地起誓：妈妈，您放心，无论遇到什么，您儿子都是一条汉子！无论走到哪里，您儿子都不会有辱石家门风！

深秋如冬，寒风乍起。他下意识地紧了紧衣扣。想到此去前路无知己，难时再难托故人，一股怅然与悲壮之情凄然而生："昨夜西风凋碧树，独上高楼，望尽天涯路！"

　　于是，他强抑住自己的泪水，头也不回地向着那充满期待和挑战的地方再出发。

梦里寻她千百度

　　上海不是石诚的故乡，却是值得他一生铭记的地方。这个中国最发达的大都市，对石诚来说，既熟悉又陌生。大学时代印象中的上海，除了一些标志性的建筑依稀可见外，大都旧貌换新颜。当年他们最常去的南京路和外滩面貌更是焕然一新。南京东路已改造成为"南京路步行街"。步行街中间较往日集中增加了诸如座椅、购物亭、雕塑等城市公共设施，突出了人性化的功能。宽阔的街道、传统与现代建筑交融相汇的设计风格、高档的大理石材质，彰显了国际大都市的典雅与华贵。外滩对岸浦东陆家嘴矗立的亚洲第一高塔——上海标志性建筑"东方明珠"，与两侧的南浦大桥、杨浦大桥构成了二龙戏珠的绝美奇景。黄浦江两岸竞相比高的摩天大楼直指苍穹，与外滩巴洛克式、罗马式、哥特式、文艺复兴式和中西合璧式等"万国建筑博览群"一起，张扬着这个国际大都市的雄性张力与高雅气质。每当夜幕降临，华灯初上，鳞次栉比的摩天大楼上繁星点点，光影迷乱，大街小巷无处不是霓虹闪烁、暗香浮动，空气中到处弥漫着前卫时尚的气息，亦真亦幻。看着这一切，石诚深深地感叹：无怪人们把这个"魅力之都"戏称为"东方魔都"!

上班第一天，天气晴好，云淡风轻。石诚着一套藏青色西服，在白衬衣上配上蓝底＋白色条纹的领带，外罩一件米黄色风衣，西装革履标配公文包，一副标准的白领行头。他从郊外的公寓乘地铁1号线转2号线去公司报到。行走在年轻人居多的上班族之间，他意气风发，步履轻快，很快找到了久违的大都市人的感觉，俨然又回到了激情燃烧的年轻时代。在充满自信与自豪的畅想中，不知不觉即到公司所在的地铁站，他不出站即乘电梯直上28层集团公司总部报到。

与石诚想象中有点不一样，这个公司豪华办公室里坐着的大都是两种人：五十岁以上谈笑风生的管理者和三十岁以下埋头干活的年轻人。一位年近六旬的公司人事部副部长接待了他："你就是新来的石……"

"石诚。"石诚马上应答到。

"欢迎你！老板要我跟你说，你先到集团总裁办熟悉熟悉情况。"副部长不温不火地说。像等待已久的鱼刚上钩突然又脱线，石诚满心的兴奋瞬间变为一丝失望。

不是说好的直接负责一个部门吗？他心里嘀咕着。不过他很快调整过来。他想到了老领导王市长勉励他的那句话：自古黄土不埋金。他相信，是金子总会发光的！只要有事干就行，来日方长！就这样，他在总裁办像战场上的战士一样，主任指到哪他就打到哪，虽然有点辛苦，但轻车熟路，不需要动什么脑筋。业余时间他倒可以看看书，好在上海的书店他要看的书基本都能买到。

进入新的工作状态后，上海给予石诚的不仅是视觉上的全新感受，而且是理念上、工作氛围上的不曾有过的体验。办公室里大家谈论最多的是公司的并购、收购，包装上市和借壳上市。什么杠杆收购，管理层收购，财务并表等。这些对于石诚来说，都是新名词、新概念。老板还定期不定期地推荐大家看一些管理和创新方面的外国畅销书籍，诸如，《有效的管理者》、世界第一CEO《杰克·韦尔奇传》《21世纪的管理挑战》《谁动了我的奶酪》《第五项修炼》等。即使是在单程一个小时的上下班班车上，大家的话题也大都集中在国内外的经济和股市上。讲起纳斯达克、道琼斯指数和沪指，都是滔滔不绝，各有见解。在他们面前，他就是一个实实在在的小学生。虽然在滨江他是一个佼佼者，但到上海这个人才荟萃的地方就显得落伍了。不过他并不自卑，凭着他的钻劲，白天听不懂，晚上或者中午午休的时候他就向书本请教，或者在电脑上寻找答案。

其实，不断学习，并不是他这个外来者特有的行为。后来他才知道，在上海职场，即使是资深员工，也都是终身学习者。在上下班通勤车上，从兄弟部门同事的聊天中，他强烈地感受到大都市朝九晚五工作的快节奏。号称"工作狂"的老板们自不必说，员工们也大都行色匆匆。一位孩子还在上幼儿园的年轻女职员说，她每天晚上六点多到家，就像救火一样抢慌抢忙地接孩子，做饭、吃饭，然后七点半上夜校，九点半下课后到家差不多快十点，还要洗衣服、洗漱，然后才能休息。第二天早上六点半起床，七点半送孩子上幼儿园，然后自己上班。石诚问她，上夜校是深造吗？她说是充电。"如果不及时充电，随时都有被新人取代的危险。当然，电充足了满负荷奔跑，年年都能加点薪。"说着嘻嘻一笑。这时他想到了一句话"生命因激越而美丽"！

让石诚感到眼花缭乱的是公司总部的资本运作。集团公司善于抓住国家政策机遇，利用上海这个诱人的平台，发挥集团人才汇聚的优势，在国家致力解决"两个大多数"即"大多数国有大中型亏损企业摆脱困境，大多数国有大中型企业初步建立现代企业制度"问题的改革中，长袖善舞，托管、收购、并购、买壳上市等，十八般武艺全用上，将全国各地的数十家国有大中型企业揽入怀中。地方政府有的为了甩包袱，有的为了解决职工就业，大多以零资产出售，少数甚至负资产出售，辅之以划拨土地找平。集团就以免费或少量付费获得的土地从事房地产开发或发展新兴产业，在集团范围内整合产业链。资金周转不开，就用收购或并购来的已经由地方政府剥离债务后的企业资产到银行抵押贷款。为了资产负债表好看或者说好过关，有时候一笔资金上午在这家公司账上，下午又到另一家公司账上，资金使用效率之高令人瞠目。

参与公司对收购或并购企业的现代企业制度设计，石诚学到了很多金融知识、财务知识和上市公司知识，这些都为后来他自办公司打下了基础。

真正让石诚发挥作用的是集团公司成立新下属公司的开工典礼方案制定。集团公司在世界最大的会计师事务所及专业服务机构之一的美国普华永道咨询公司策划建议下，决定借鉴美国东北部马塞诸萨的生物技术走廊和旧金山湾区"生物谷"等生物医药产业集聚集群发展的经验和模式，率全国之先在上海周边城市购地建设规模达两万亩以上的东方生命科技园区。集团分派给石诚的任务是起草新公司开业时参加典礼的国家部委领导讲话稿。后来由于其他筹备组成员制定的开业方案没有得到集团认可，他又临时接替制定方案。这让他找到了最能发挥自己强项的与政府工作有关的切入点。

当时，大项目尤其是像企业办（开发）园区这样规模宏大项目的开工典礼，政府考虑得多的是政绩效应，而企业注重的是广告效应。老板曾是政府官员出身，现在又是堂堂大型国际型企业的掌门人，自然深知典礼的双重效应都要到位。可惜前面主持制定方案的几位资深老总对此领会不深。尽管各种实用的细节都考虑到了，但就是得不到老板的认可。考虑到石诚有政府工作背景，老板让他试试看。

石诚接手后，考虑到老板平时的喜好和社会上越来越讲究排场的风气，他忽然脑洞大开，放胆搞了个好大喜功的典礼方案：调集园区所在市全部考斯特中巴车、集团总部及在上海周边子公司的全部奔驰车，形成一条浩浩荡荡的钢铁长龙。典礼那天，这条钢铁长龙从市中心园区开业接待宾馆五星级酒店出发逶迤前行，沿途经过闹市区和政府主要机关办公区，龙头已进入园区，龙尾则在宾馆刚刚蠕动。典礼现场安排舞狮舞龙和当地歌舞团的"民族风"构成龙飞凤舞场面。典礼台左侧几十辆头戴红花的工程车摆成一字长蛇阵，右侧几十台崭新的挖掘机和左侧对称次第摆开。台前临时铲平的广场分列集团总部员工、生命园区职工、拟入驻企业员工、施工单位职工和当地政府机关为企业提供保障支持的相关单位工作人员方队。主席台左右侧前方，八字形摆列两队从上海请来的礼仪小姐队列。典礼仪式，除了集团董事长致辞和国家相关部委及集团合作单位贺电贺信外，国务院副秘书长及科技部等国家部委主要负责人讲话是典礼的高潮和亮点所在。

石诚将这个方案提交集团，本来准备按惯例，"头戴三尺帽，不怕砍一刀"，由集团定夺。没想到，老板不但照单全收，还在方案中加了个更大的手笔：在园区所在省江苏省会南京将一五星级酒店主楼两层包下，举行新闻发布会，并邀请中国国际广播电台等多家国内主流媒体到场报道。此举引来了集团公司员工的很多非议，认为集团发工资都困难，还花这么多钱去搞这些"虚"的东西，劳民伤财。直到不久后很多国际知名的生物制药、医疗设备制造等相关企业纷纷闻讯前来考察洽谈入驻事宜，这些议论才渐渐平息。

文稿和方案得到集团负责人认可后，石诚也慢慢赢得了公司上下的尊重。

最让他受益的是，集团指定他从此负责与集团顾问公司普华永道公司对接园区规划建设工作。由此，他接触到几家世界知名的规划设计事务所，了解了很多世界前沿的企业战略管理、园区规划建设理念及相关知识，在认识客观世界上又上了一个层次。直到多年以后，他还经常这么想：中国那句古话"塞翁失马，焉知非福"和西方的那句谚语"上帝为你关上一扇门，必然会为你打开一扇窗"，还真是充满人生哲理的大智慧。如果当初报到时如愿以偿，说不定就没有这样一个受益终生的机会了。

在上海工作的短暂岁月里，能让石诚终身铭记的还是那次始于浙江之行的回忆。

那年初秋时节，集团总部安排石诚随总裁助理、组长马东野一行六人去浙江、安徽、四川巡察集团下属子公司企业管理，洽谈集团拟收购企业业务。成员分别来自集团战略发展部、财务部、企管部、贸易部等总部机关，还有一位来自集团下属子公司的年轻女性。马东野指着那位唯一石诚不认识的女生向石诚介绍说："这位是刚来集团下属制药公司不久的法律专业研究生，也是我们这次考察组的法律顾问小韩，韩菊蕊。"

"菊花的菊，花蕊的蕊。"小韩有点羞涩的补充介绍道。石诚看着这位同住一栋公寓楼、同在一个餐厅就餐，但相互没有打过招呼的熟悉的陌生人，轻声说道："韩菊蕊——'寒花已开尽，菊蕊独盈枝。'好名字！"杜甫的一句诗，一下子拉近了他和小韩的距离。他们相互微笑致意，算是握手认识了。

接下来的巧合让他们由认识到很快熟悉。在完成浙江和安徽的考察洽谈任务后，他们从合肥乘夜班飞机去成都一家子公司考察。当飞机飞临四川盆地上空时，老旧的"图—154"小飞机剧烈颠簸，斑驳的行李架好像随时都有可能折断掉下来。本来，大家乘这种飞机时心里就有点犯嘀咕，因为不久前才报道这个机型在成都飞往温州途中失事过，此刻一联想更感到可怕，大家谁也不说话。原本还有的些许谈笑声一下子肃杀全无，气氛陡然紧张起来。

"啊!"第一次乘飞机的韩菊蕊脸色煞白,不禁捂脸尖叫。邻座的石诚因有过几次这种"大难不死"的经历,此时显得比较淡定,颇有不以为然的神态。为了分散小韩的注意力,他"以毒攻毒"地给她讲起自己亲身经历的恐怖事件。

"那年,我随滨江市政府代表团赴欧洲考察,飞机在莫斯科上空准备降落时,正是当地时间上午十点过后,几乎在一瞬间,阳光灿烂的天空骤然黑了下来,机外伸手不见五指,飞机就像无缆的小舟在风高浪急的大海中忽而跃升,忽而下坠,乘客们都惊恐万分。就在这时,飞机广播用中英两种语言大声播放:'乘客们,飞机遇到了强气流。大家不要紧张。请相信我们的飞行员,他有二十多年的安全飞行记录,一定会处理好这次危机!'就在飞机反复播放救生处理知识时,乘务员们当飞机稍一平稳就迅速过来给大家发放好像是遗言填写卡之类的纸片。瞬间,刚刚回过神来的乘客仿佛又跌入万丈深渊。"

说到此处,石诚下意识地侧目去看看小韩,见她正全神贯注地听着,脸色也恢复正常,就接着说:"大家迅速填好卡,生怕话没说完就魂归西天。为了掩饰紧张情绪,随行的一位老主任故作镇定地调侃道:'你们看小石,吓得都要哭了!'说此话时,他没意识到,滴滴汗珠已将他的五指淋得湿漉漉的!"顿时,大家哄堂大笑。

"经历了此次惊险,从此,不管遇到什么事,我们都有一个认知,除了生死,其他什么都不是个事儿!"说着说着,飞机已经开始降落,大家相视一笑。

此次的乘机经历,让韩菊蕊对石诚刮目相看。此前,在单位和在公寓楼，他们虽然低头不见抬头见，但因为工作上没有交集，所以从来没有说过话，至多只是在单位见面时点个头而已。

两周的出差考察，使石诚和小韩俨然成了多年的同事加朋友。作为组长的助手，石诚在工业经济管理方面的经验为这次考察洽谈的精准把脉和精彩博弈做出了独到的贡献，也是首次在同事们面前出彩。

那是在浙江考察一家集团拟收购的中型纺织企业时，董事长首先将他们带到面积足有两三百平方米的企业荣誉室。在一一介绍完几个重量级的国家有关部门颁发的荣誉证书后，董事长画龙点睛般地指着在几十块荣誉匾、牌正中的一块英文奖牌，不无自得地向考察组一行介绍："这是英国皇家质量协会颁发的企业产品质量认证书"！考察组人员都对企业获得如此多的国家级奖项和该企业产品出口所至国家奖牌惊叹不已。

在参观完车间现场后，大家回到荣誉室兼会客室交流。刚落座不久，董事长就旁若无人的用手机调度他的"大奔""小奔"去机场接送客人。石诚注意到，比自己年轻得多的组长此时感到有点不自在。

待董事长终于完成他的遥控指挥任务，双方互致客套后，石诚首先发言："董事长先生，刚才看了贵企业这么多的荣誉奖项和企业的现场管理，真是让我们大开眼界。能在不到十年的时间里白手起家做到这么大规模企业，确实了不起！"董事长笑眼咪咪地看着石诚，像是得胜归来的将军在接受同僚的恭贺。"不过，"石诚话锋一转，"恕我冒昧，在没有实质性洽谈以前，我想请教一个问题。"

"您说。"董事长满面春风，期待着更加受用的赞扬。俗话说，雷公不打笑面人。石诚把本来准备说得比较犀利的语言吞到肚里，缓缓地说道："不知那些给你们颁发证书的英国人有没有到企业现场去看过？"

"看过，当然看过！"董事长肯定地说。

"那么，我还想冒昧地问一句，那些老外对贵企业的现场管理没有提什么意见吗？因为，据我所知，老外对管理都是一丝不苟的。"说此话时，石诚仍然是笑眯眯地看着笑意渐无的董事长。

"这……您这话是什么意思？"董事长已察觉到什么，有点不快。

"哦，没什么。我原来是学纺织的，后来又在纺织企业干过几年。我觉得，贵企业在现场管理方面存在一些硬伤。比如，纺织企业不允许女员工上班时穿高跟鞋，留披肩发……"

"那不是挡车工，是车间的管理人员……"说此话时董事长气已短三分。

"还有，物料供给的物流线路设计是不是可以更优化一点？……"石诚继续说。

"哈哈，我们的石组长可是三句话不离本行。还有点较真啊？"组长马东野认为点到即可，及时转移了话题，"现在我们言归正传，谈谈我们双方的意愿、报价，也就是合作的条件吧。"

被解围出来的董事长用略带感激的眼色看着马组长，连声说："好，好，好！"石诚此时会意地退居到谈判的二线。

吃饭时，董事长略带调侃地给自己找了一个台阶："那帮老外好打发，我把他们带到隔壁我表兄办的厂去看，他的厂比我的厂规模大，管理也比较正规。不过，还是那句老话，只要我的产品过硬，其他都好说。哈哈，哈哈！"

"哈哈，哈哈！"大家一笑泯嫌隙，只是此时的石诚倒是有点尴尬。虽然如此，作为经济管理方面的新人，小韩对他却钦佩不已。考察期间，组长的风趣幽默，加上小韩的活泼好问，使考察小组会内会外都洋溢着轻松愉快的氛围。

考察活动结束后，石诚和小韩这两个平时都不大爱说话的准同事，话语日渐多起来。有时候晚饭后散步，他们在公寓边的秀水河畔偶遇，为了一个共同的话题，边散步，边聊天。

一个周末的傍晚，他们信步来到秀水桥上观景。静静流淌的秀水河在秋日阳光的映照下满目碎金，格外静美，两岸垂柳随风摇曳，一脉绿水迤逦而来。看着这缓缓流水，一路向前不回头，一直把人们的视线引向水天一色的远方，石诚有感而发："培根说'四季之美尽在晚秋'，这秋水长天也确有一番韵味！"

"要我看……"韩菊蕊抬头看着石诚，欲言又止。

"说下去。"石诚鼓励道。

"这人生就像一个百花园。完美的人生既要有'秋水长天'的心境，也要有'四月芳菲'的回忆。"

"说得好啊，说得好！"石诚由衷地赞许道。蓝天白云映衬着他们在一汪碧波中的倒影，河畔、桥头留下了他们一串串的欢声笑语。此时，石诚看小韩，年轻、朝气。肌肤虽不算白皙，但很健康；身材虽不适合用清秀来形容，但很端庄匀称，整个人散发着自然健康之美。此时，小韩看石诚：身材称不上伟岸，但很挺拔；长相虽不算帅气，但却展示出一种沉稳、儒雅的气质。意识到他们都在互看对方，大家相视一笑，沿着河边小道继续着永远没有句号的谈话。

他给她讲自己经历的奇闻轶事。她给他讲，研究生毕业后边找工作边参加社会实践的亲身体会。朗朗笑声的背后，曾经的一切努力、一切痛苦都成了甜蜜而温馨的回忆。

"哎，听说你在美国学习、生活了一段时间，真实的美国真的是那么美好吗？"不等石诚回答，韩菊蕊就接着说，"我妈妈就特别羡慕邻居家小姐姐高中还没毕业就去美国上大学。"

"噢，说起美国，可能是一千个读者就有一千个哈姆雷特。前一段时期，中国的报纸杂志和影视剧都把美国描绘成天堂，似乎美国的月亮都比中国圆。其实，美国的社会制度有它的致命缺陷，但也有他的长处。"

他说："美国社会最大的问题是两极分化比较严重，他们的贫富差距之大往往颠覆我们的认知。富人可以很随意地一天花去一两百万美元，纸醉金迷。而穷人可能一天一美元维持生存。不仅城里有价格低廉的二手货'跳蚤市场'，包括快到或已到保质期的食品和洗得发白的内衣内裤。乡村路边也常常可见用旧的沙发桌椅和锅碗瓢勺摆摊售卖。要说天堂，那只是富人的天堂。"

他对这个问题关注由来已久。到美国学习后，他就抓住一切可能的机会，深入美国社会，包括到家庭、工厂和社会公共场所考察调研，形成了自己独到的见解，所以，说起来感慨万千。

说到它的优点，自然绕不开国人崇尚的美国的教育。"就拿你说的美国教育来说吧，美国相对来说是一个比较注重发挥个人才情的国家。课堂上，真的是以学生为中心。上英语课，老师很少照本宣科，有时一节课下来，课本都未翻开过。每次上课，开篇往往都是老师要求同学们讲讲昨天发生的有趣的事或者学习上的某一个重要心得。然后借题发挥，引导同学们畅所欲言。这样，学生要想赢得在课堂上发言的机会，就必须事前备好课，准备下一节课发言内容，这样就变被动听课为主动学习了。"

"不过，这还不是最值得称道的地方。"看着小韩一脸羡慕的样子，他停了停，似乎是在卖关子。

"我最欣赏他们的教育特长，还是老师们营造的轻松愉快和自由活跃的学习氛围。"他接着说，"学生们发言中，哪怕是整个句子都错了，但只要有一个关键用词与所表达的意思契合，老师都说 Good，然后说，这句话如果这样表达会更好些……，紧接着，老师会列出几种正确的表达句型。这样，同学们即使说错了，也不很尴尬，所以大家发言都很踊跃。"

"而在我们国内学校就不一样了，"韩菊蕊接过话头，"同样的情况，不是老师指出你的错误，就是同学们的窃窃私语，甚至哄堂大笑。弄得同学们稍有疑虑就不敢发言。课堂就成了老师的一言堂。"

"是的。不过，我们当年上学的时候课堂氛围还是比较活跃的。"说到营造良好的课堂氛围，调动学生的学习内生驱动力，石诚自然想到了他的中学语文葛老师。他向小韩绘声绘色地讲述了当年老师上古诗文课时的情景。当老师激情飞扬地朗诵唐朝诗人李白的"君不见，黄河之水天上来，奔流到海不复回"两句后，突然停顿下来，问道："同学们，有谁知道，还有哪一位大诗人对黄河吟出了类似的诗句？"停了一会儿，一位教师家庭出身的同学举手发言："老师，是不是唐朝诗人刘禹锡的'九曲黄河万里沙，浪淘风簸自天涯'？""对！很好！"老师很兴奋地肯定。然后接着说，"这是动态描写黄河的，那么静态描写黄河的呢？"又停了一会儿，有位同学弱弱地说："老师，我只知道南北朝的谢朓，也就是李白长忆的谢玄晖那句好像是描写静态长江的名句'余霞散成绮，澄江静如练'。""嗯！很好！是这个意境。它与苏轼的'惊涛拍岸，卷起千堆雪'展现一静一动的长江给世人。"老师接着说："那么描写静态黄河的，就要数唐朝诗人王维的'大漠孤烟直，长河落日圆'最为著名了。——同学们，你们看，这一动一静地描述，我们就能感受到我们的母亲河有多美了。"同学们一个个瞪大眼睛全神贯注地听着老师的讲解。课后，大家常常期盼着下一节语文课尽快到来。

看到小韩也在静静地听着，石诚意犹未尽："还有一次上近现代诗词课时，当老师满怀激情地朗诵到《沁园春·长沙》中'问苍茫大地，谁主沉浮？'时，又是停下来说，这是青年毛泽东的惊天之问。若干年后，他在同样体裁的诗词中回答了这一问。有谁知道，主席在哪首词中怎样回答的吗？看到同学们都面面相觑后又都齐刷刷地看着老师时，老师说，不为难你们了——那就是《沁园春·雪》中的那句'数风流人物，还看今朝!'主席后来解释说，这个'风流人物'指的就是人民。也就是说中国的命运要由人民来主宰。——我们老师戏称他这个教学方法叫'串烧'。就像我们后来知道的那句电影台词所说的，'二十几副中药一道熬，才能熬出个味儿来'。"

"哇!难怪你对古诗词信手拈来，原来你们的老师这么厉害呀!"韩菊蕊兴奋地说，"这种举一反三、融会贯通的教学方法，不仅能够让同学们温故而知新，而且更重要的是激起了同学们的学习兴趣。"

石诚说："刚才我们讲美国老师首先看到的是学生的亮点，而中国老师往往第一时间指出的是学生的不足……"

"其实，渴望得到别人的肯定，尤其是老师的肯定和鼓励，不仅是学生们的天性，也是一般成人的天性。"韩菊蕊插话借题发挥，"这种'打击式'教育，影响的不仅是学生的创新积极性，而且还会带到社会上来，让年轻人或新手畏首畏尾。"

接着，小韩举了个例子。她说，那年她研究生毕业，应聘到一家公司去上班。老板很能干，可以说是事必躬亲。她们在他面前就是一个小学生，她们干的事情没有一件是他满意的。久而久之，老板越来越忙，而她们却越来越闲，老板免不了抱怨，她们心里也不好受，但又不知道从哪里下手，只好走人。几年来，员工换了一茬又一茬，公司则还是那个不死不活的老样子。

"看来，你们老板是个追求完美的人。做事追求完美没有错，但以完美要求别人，特别是求全责备时，就容易伤害别人，最终也害了自己。"

"是的，包容他人，才能成全自己。"小韩附和道。

石诚回到刚才的话题继续说道："美国教育模式的先进意义还远不止于教育本身。""哦？你又要发表什么'石破天惊'的独家见解？"韩菊蕊洋溢着青春光彩的明眸静静地看着石诚。

"它的意义在于从小就培养学生积极向上的阳光心态，涵养孩子们健全的人格，而不是把分数作为唯一的标尺。我的一位老领导曾经说过，如果你看人都看人家的亮点，那么，你的周围就会一片光明，这个世界也就会五彩缤纷。反之，如果只看到人家缺点污点，那么你的眼前就会一片黑暗，你也就会感到'人间无趣或不值'。"

"其实，这个人间还是值得热爱和眷恋的。关键是看你有没有一双发现美的眼睛。"

"这要靠老师和家长从小就要共同培育孩子的阳光心态。"韩菊蕊默契地接过石诚的话题。

"教育的本质是一个灵魂唤醒另一个灵魂。意大利教育家蒙台梭利认为，教育就是激发生命，充实生命，协助孩子们用自己的力量生存下去，并帮助他们发展这种精神。中国由于考试机制的驱使，很多老师拼命地把知识灌输给学生，家长也在课外助力。殊不知，这种高压下学生的成绩可能上去了，但却使孩子们失去了一个有趣的童年，甚至可能让孩子失去有趣的一生。"

"有一句广告词说得比较好：'教育不是灌满一桶水，而是点燃一把火'。其实，老师只有激发学生们的学习兴趣，学生才会爱听你的课，有时候'功夫在诗外'。"

"是啊。可惜我们的很多老师和家长至今不得要领。"

他们就这样天南海北、海阔天空地说着，不知不觉已信步走到河边花园。韩菊蕊指着眼前岸边竞相开放的各色野菊花："你看，此刻，我们眼前的世界不也是五彩缤纷吗？"说着，竟情不自禁地摘下一朵放在鼻前闻一闻："这花虽没有桃红柳绿那么醒目，惹人喜爱，倒也清香宜人。"

"啊，菊花！象征高雅与坚贞——古人将其与梅、兰、竹并列为'四君子'，又与兰花、水仙、菖蒲并称'花草四雅'。毛主席生平喜爱菊花，曾引用陆游咏菊诗'高情守幽贞，大节凛介刚'赞美菊花。黄巢自比菊花是'我花开后百花杀'，而我最欣赏的是'百花开尽一花开，冬菊一枝傲霜来！'"石诚看着韩菊蕊说。

"冬菊一枝傲霜来！"韩菊蕊轻声念着，脸颊微微一红，说："石总，你懂的真多！来，你也摘一朵闻闻。"说着折了一枝递与石诚，俏皮地说道："'花开堪折直须折，莫待无花空折枝'哟！"说完，莞尔一笑。

接过小韩递过来的菊花，一股沁人心脾的清香扑面而来。石诚看着色彩鲜艳的紫红色菊花和充满青春活力的韩菊蕊，不无感慨地说道："人生就像这花一样，最美好的时刻需要好好珍重。好在你们还年轻，做什么都还来得及。不像我们，不经意间蹉跎了很多岁月！"

看到石总有些伤感，加上天色已晚，韩菊蕊建议下次再聊。

　　转眼已到初冬。经过几番的秋风扫落叶，满目金黄的时光慢慢地隐去。海洋性的冬季季风常常让人产生一种"吹面不寒杨柳风"的错觉。当多愁善感的文人骚客还在悲秋寂寥时，时间的老人已经将这个浪漫之都带入充满诗情画意的冬天。大街上风情万种的男男女女搭配夹克牛仔、风衣长裙似色彩斑斓的彩练铺地，又如争奇斗艳的万花飘舞，让这个城市充满生机。地处闹市区一隅的集团公司办公大楼内，借助钢筋混凝土屏蔽和中央空调四季如春。西装革履的白领、金领们可以全然不顾季节转换，尽情写意自己的帅气与飘逸。

　　早晨，石诚像往日一样，意气风发地走入自己的办公室。刚放下公文包还未及落座，集团公司办公室的姚秘书即送来一沓文件、材料，并提醒董事长要他当天下午上班前代集团公司起草一份重要文件。看着一大摞文件材料，他绝好的心情多少打了些折扣。但心烦归心烦，干还是要干！于是他迅速给自己泡了一杯茶，旋即进入工作状态。他首先快速浏览需要处理的文件。

　　他牢记在滨江工作时一位资深的老主任的话，进办公室第一件事是要先浏览一遍放在桌上的待处理文件，第一时间要处理好安全生产方面的文件，人命关天，马虎不得。实在自己处理不好的，也要尽快将文件签署出去，请有关单位或有关责任科室提出处理意见，千万不要把球抱在自己的怀里。他将一份下属公司报来的危旧厂房需要维修的请示报告签署了本部门意见后，立即送到相关部室联签。然后静下心来起草文稿。尽管文字工作对他来说是轻车熟路，但此刻他还是有点紧张，因为他必须要比董事长规定的时间提前一个小时完成起草任务，以预留文稿打印时间。

看着他经常行色匆匆拿着材料或文件到文印室或其他各个办公室，韩菊蕊建议他可以用电子版起草、修改材料，电子邮件传送，并且还教他用五笔字型代替拼音打字，提升打字速度，同时帮助他注册了电子邮箱。对于经常和文字打交道的石诚来说，这可大大节约了他的时间成本，大大提高了工作效率。由此，他对这位热心的同事心生谢意。当然，对于小韩工作中遇到的难题，他也热心相帮，诲人不倦。特别是对于小韩送来的需要文字润色的材料，他也是尽心尽力、倾注深情地去做，有时甚至加班加点至深夜。

一个天气晴好的周末，马东野约请石诚和韩菊蕊一道去浦东兜风。尽管各自手头还有许多未了之事，但他们还是愉快地前行。轿车在尚未开发成熟的原野上信马由缰地狂奔，他们的话题也像眼前的还留着稻茬的田野一样漫无边际。从全球经济走势到国内经济展望，从集团公司的发展战略到下属公司的企业管理等，不一而足。直到午后他们在一家小餐馆坐下来，东道主才言归正传。

原来，这位从京城来的原外贸国企老总最近遇到了烦心事。来到本集团公司一年多，他这个"老板"亲自登门挖过来的"国际型的人才"一直没有找到感觉。公司至今没有兑现当初让他主政一家集团控股的上市公司的承诺，整天东一榔头西一棒子的充当救火队长。虽然每件事办得都还算圆满，但老板就是不开金口。就连当初答应的将他的座驾由奥迪升为奔驰也没影子。这不，到现在还是与这辆老款的桑塔纳为伴。而北京那边，那帮跟他十几年打拼的兄弟们知悉他的现状后，一个劲地鼓动他回去为公司锦上添花，争取再上一层楼。本来这是一个不难的选择题，但上海这个魅力之都实在是太诱惑人了！

仿佛是他乡遇故知，一席话让石诚与马总产生了强烈的共鸣。他这个壮士断腕般摔掉端了二十多年的铁饭碗，过五关斩六将，应聘到魂牵梦萦的大上海，曾言即使讨饭也绝不后悔。如今，也像马总一样，客悬虚位。原来应聘的岗位因为在任的靠山硬而不愿退出，他只能屈尊下驾到一个部门去当助手，不知何时才能如愿一展拳脚。对于视事业如生命的他来说，其苦闷可想而知。特别是，命运不济，新上任的市长取消了买房子带户口的"蓝印户口"政策，这对于他这个还是国家实行公务员政策之前获得中级职称的人来说，落户上海都成了问题。他常常想，上海虽好，但它不属于我！

看着沉思不语的石诚，组长接着说："昨天晚上，我给我现在在美国的大学同学通了个电话，想请她参谋参谋我该何去何从。"石诚和小韩都不约而同地瞪大眼睛看着马总，猜想着究竟是怎样一个的答案。

出人意料的是，马总说，对方并没有给予一个明确的答案。"她说，她远在美国，不了解国内的具体情况，尤其是北京和上海的营商及人文环境，因此，很难给我一个确定的建议。但是，她可以向我转达一个美国人最新的人生理念，那就是'干自己想干的事，爱自己心爱的人'，建议我可以参考这个标尺去选择自己以后的人生。"

"哇！太深奥了！"韩菊蕊惊异地感叹道。

"说深奥也深奥。说直白也直白。"石诚接过话头说，"说深奥，短短的两句话，蕴含着深刻的人生哲理，即生而为人，我们应该怎样活着。说直白，就是它给了我们一个明确的标尺，也就是，我们干的事尽量与我们的喜好或者说兴趣相一致。现在我和马总都是毫无目标的东一件、西一件地干着事，很难谈得上兴趣所至。至于'爱自己心爱的人'，就是要我们珍惜身边的人。这句话说起来容易，做起来难。"说到此处，石诚抬眼看看同样是单身的马总。

马总并没有理会石诚的弦外之音，径自按照自己的思路说下去："现在集团内人才堆积，光'海归'就有十几个，还有从全国各地汇集来的政府官员和企业高管。这些人很多都是奔着上海这个平台来的，对集团了解得很少。而集团也没有按照能级原理将这些人配置在合适的层级。本来是干事的舞台，却成了同事间相互竞争的'擂台'。不知道小韩所在的层级有没有这种情况？"说到这里，马东野看了看正全神贯注听讲的韩菊蕊。

听到马总点了名，小韩这才回过神来："噢，我们这些办事员级别的大都是研究生，少数几个本科生也都是有背景的。我们几个子公司打字收发的都是本科生，感到自己压力很大。"

话说到这里，马、石二人对自己的何去何从似乎已经有了主见。两个小时的遛弯、三个小时的午餐，还是有收获的。他们嘻嘻哈哈"满载而归"。

　　就在石诚他们为选择干事业舞台而纠结不已的时候，王年生夫妻把自己的小面馆经营得井井有条。夫妻俩没日没夜地劳作，无论严寒酷暑还是节假日他们的店都坚持开门，成为那些在外打拼的游子们随时可以推门而入的冬暖夏凉的"家"。那些经常光顾这个小店的顾客们慢慢地对他们夫妻俩的称呼由"老板""老板娘"改称"王大哥""张大姐"，还时不时在他们进货的时候帮忙搭一把手。这日子过得虽然辛苦点，也还苦中有乐。然而，好景不长。夫妻俩终日忙于生意，无暇顾及憨子的学习和成长，憨子的成绩眼看着下降。最让他们难过的还是，应对各种检查、交税、收费，看尽冷脸还要赔笑脸，面对少数尖酸顾客的各种冷言热语还要点头赔不是。长期的负面情绪累积，使夫妻俩的脾气越来越爆，一丁点儿小事都可能引发家庭大战。可怜的憨子在这样的环境下成长，也越来越叛逆，不仅成绩日渐下降，而且还经常在学校和同学打架。学校老师常常是三天一个电话，五天一个约见，弄得年生苦不堪言。在外面笑容可掬的他，进门看到儿子又坐在书桌前发呆，一大堆作业一门也没做，常常是气不打一处来，三言两语劝诫不听后，就"忍无可忍"，张口就骂，举手就打。结果是，孩子越骂越不听，越打越对着干，气得年生想死的心都有。

　　无奈之下，年生想到了石诚这个"有学问"的兄长。

　　听了年生诉苦后，石诚忽然想到这种情况和同事小夏家那个淘气小孩差不多。于是他参考同事的体会和做法对年生说："听你说过，憨子原来是个老实听话的孩子，怎么现在突然变成这样？"

"听老师说，进入五六年级学生分化比较突出。原来主要靠下苦功夫学习成绩好的同学会越来越感到吃力。憨子可能属于这种情况。"

"这是学习方面的原因。那么打架，和你对着干呢？""我也想来想去想不通是什么原因。"

"人常说，孩子是父母的影子。你有没有想过你们做父母的责任呢？"

"我们？责任？我们有什么责任？要吃有吃，要穿有穿，要文具买文具，哪样也不比其他同学少。我们还能怎样呢？"

"你错了！孩子渐渐长大了，仅仅满足他们物质上的需求已经不够了。他们也有精神上的需求。特别是，你教他的那一套不一定适合他。"

月光下，年生茫然地看着石诚。石诚接着说："俄国有个教育专家说过，随着孩子慢慢长大，他们逐渐看到了社会的复杂，眼光也越来越锐利，很多儿童时期形成的观念无法与现实相对应，累积起来，就产生一种崩溃，形成了青春期的逆反。这个时候，你越按照老一套来教育他、呵护他，他越不领情。因此，你要多和孩子沟通，听听他的想法。"

看着年生若有所思，石诚继续说："还有，我们国家儿童教育专家经过大量的案例调查后，得出结论：在学校打架淘气的孩子大都有强势的父母或者不得安宁的家庭环境。他们在家受压抑太多，要么逆反，和你对着干，以此宣泄情绪；要么到学校找同学打架，找一点存在感。依我看，你们夫妻俩做生意顾不上关注憨子学习，特别是在他学习感到吃力时，不仅得不到你们的指导帮助，而且得不到你们的理解，甚至还在他伤口上撒盐。想一想，他还毕竟是个孩子啊。"见年生陷入深深的沉思中，石诚打住了话头。

"年生啊，我知道你心里很苦。生活的重担已经压得你喘不过来气来，憨子又这么让你烦心。可是，再烦心，我们也不能拿孩子出气呀！"

"是的，是的，你说得对啊。"年生干笑着下意识地挠挠自己的头发。

"我们都知道，靠打骂教育孩子是下下策。从某种意义上说，也是无能的表现。"

"我知道，我知道。诚哥，你不知道啊，这孩子你实在拿他没办法。我按照老师教我的什么'弗曼学习法''延迟满足法''正面激励法'都试过了，无奈这孩子油盐不进，想来想去，只有'打'这一条路了。我知道越打孩子越笨。可是，不这样硬管，他今后的日子怎么过？我不希望看到他今后像我这样，生活就像漂在水上的浮萍，无论怎样打拼都左右不了自己的人生。"年生有点伤感地说。

听了年生这样说，石诚感到刚才的话说得有点重了。

"年生，你不要这么悲观。我看憨子的情况很适合当下很时兴的一句话，就是每个人都生活在适合于自己的时区里。用通俗话讲，就是有人少年早熟，有人大器晚成。有你们夫妻俩吃苦耐劳的家风在，憨子迟早会飞起来的！"

"托诚哥的口福，但愿如此！"年生苦笑着说。

石诚接着说："有时候欲速则不达。德国教育家福禄贝尔说过，教育之道无他，唯爱与榜样而已。你可以暂时放宽对他学业上的要求，试试'亲情教育法'，先培养你们父子之间的感情。感情好了，你说话他就能听进去了。"

看着年生将信将疑的神情，石诚给他讲述了最近网上流传很广的一个令人泪目的故事。说的是贵州贫困山区有一个六七岁的小女孩，几乎每天上学都迟到，不仅如此，而且还经常在课堂上睡觉。学习成绩当然很差。各科老师都拿她没办法。一天，又迟到的她刚好被教务主任撞见，教务主任将她罚站，训斥道："如果你再这样不遵守校规，拖学校后腿，你将面临被开除的命运！"小女孩没有申辩，只是泪水在两眼里打转。刚好路过看到这一幕的班主任语文老师把小女孩领到自己办公室。班主任问小女孩为什么这样？小女孩还是只流泪不说话。没办法，只有家访了解情况。

放学后老师尾随小女孩到她家。真是不看不知道，一看吓一跳。对到贫困学生家庭了解情况多少有点心理准备的老师还是被眼前这一幕惊呆了：两间破茅屋，家徒四壁。屋子里只有一个低矮的锅灶、一个土炕和一只破篾箱子，算是全部家当。炕上躺着个风烛残年的老人。从老人口中得知，孩子的父亲早逝，母亲离家出走，至今音信全无，剩下爷孙俩相依为命，主要靠七十多岁的爷爷拾垃圾为生。这半年，爷爷病倒卧床不起，女孩孙承祖业，起早贪黑捡垃圾养活爷爷和自己。这回是老师两眼含泪，回到学校就积极为小女孩申请免除了学杂费和午餐费，并且还努力争取社会资助为女孩爷爷治病。节假日老师还常将女孩叫到家里吃饭，每次饭后，总让女孩带点饭菜给爷爷。出乎意料的是，此后小女孩每到老师上语文课时都强打精神，认真听课，语文成绩也快速提高。"原来，孩子报答老师的方式是认真听她的课！师生关系是如此，父母和子女的关系又何尝不是如此呢？"

年生若有所思地频频点头。石诚接着说："我们往往都羡慕'别人家的孩子'，这个'学霸'，那个乖巧，而对自己孩子的闪光点视而不见。就拿憨子来说，虽然学习差一点，但从你平时给我的介绍中，他至少有三个难能可贵的优点。"看着年生一脸惊讶地望着他，石诚笑笑说，"第一，他有一个好的学习习惯。放学回来都是独立完成作业。你们又不能辅导他，遇到问题他就自己查字典、找资料。而'别人家的孩子'背后可能有孜孜不倦的父母在辅导、答疑。特别是，憨子没有什么不良嗜好，你应该感到高兴。第二，他从小就能帮助你们做家务，生活自理能力强。这两年还时不时帮你们打打下手，正可谓'穷人的孩子早当家'。第三，这个孩子在家里经常遭你们打骂，但是一到学校，擦干眼泪又是一个阳光的孩子，老师说他下课时生龙活虎。"

"年生呀，这些都是非常可贵的优点啊。未来的社会将会越来越青睐自理能力、创新能力和社会适应能力强的人。憨子的第二条、第三条优点，常常是'别人家的家长'所羡慕不已的。你看，就连清华、北大的那些学霸们，一旦学习目标达到了，不少都迷茫不知所措。我看憨子长大就不会出现这种情况。因为他知道要为这个家担当，要为父母争光。你要慢慢学会发现、赞美和肯定他的优点，好好善待他，就'让他按照他所听到的音乐拍子前进'，耐心地等待他飞起来的那一天！再说这样，你自己也不至于堵得慌。"石诚说完拍拍年生的肩膀。

"嘿嘿，嘿嘿，还是诚哥会说话。"年生笑了，他笑得很开心。

应年生的请托，石诚在一个周末约憨子聊天。一见面，憨子就局促不安地等待着石伯伯的批评。

"憨子，好久没见到你，又长高了，变帅了！嗯，好一个帅气的小伙子！"石诚笑着拍着憨子的肩膀说，"你知道，今天伯伯约你什么事吗？"

"不知道。"憨子摇摇头，继而又怯懦地说，"石伯伯，我学习没搞好。"

"哦，我们暂时不谈这个。今天天气这么好，阳光明媚，踏青正好。走！伯伯带你到郊外去转转。平时你爸妈没有时间陪你玩，今天就好好放松放松！"说着，他们打车向郊外的东城湖湿地公园驶去。

初春的东城湖公园生机乍现。两个多平方公里的湖面安静如初，深绿的湖水荡漾着微微波澜，俯瞰像一面硕大的镜子镶嵌在绿草如茵、绿树成林的公园深处。湖中三五成群的野鸭追逐嬉戏，偶尔一两只掠过天空又没入水中，把春天的气息传递到远处草坪上三三两两的踏青人群中。一望无边的草坪上零星分布的茶花竞相开放，万绿丛中一点红，先于百花闹春风。公园里早有成群的青少年学生或三口之家在放风筝。天空中彩蝶飞舞，龙争虎斗。孩童们借着一线牵扯，放飞理想，放飞自我。憨子贪婪地看着这一切，羡慕之中带有点伤感。

"来，憨子，伯伯今天也带了一副风筝。"石诚说着，从随身带来的长筒包里拿出一只一米多长的画着凤凰图案的风筝。

"石伯伯，我不会放。"憨子羞怯地说。

"没关系。伯伯教你放。"说着，石诚叫憨子拿着风筝张开举过头顶，自己则拿着线轴，跑出十几米后，对着憨子大喊一声"放"！然后快快地迎风跑着，一边跑，一边放线，风筝慢慢地飞起来了，越飞越高，乘着春风，稳稳当当地飞上了蔚蓝色的天空，潇洒地在空中遨游。石诚边操控着风筝，边对憨子说："操控风筝要随着风向和风力的变化而变化，风大的时候要放线，风小的时候要收线。来！你来试试看。"说着把线轴递给憨子。憨子接过线轴，正赶上风力渐紧，他一时没把握好线盘，风筝带着线盘飞转。突然，线头脱离线轴，断了线的风筝飞得更高，然而，自由飘舞一段后随着风力减小一头栽下来，折戟沉沙。原来，线头和线轴连接处是用透明胶布粘的，经不住突然一拽。

石诚借机说："人生就像放风筝，有一线相牵就会收放自如。反之，就会随风飘舞，难免摔跟头。这'一线'就是贯穿一生的理想、目标。憨子，你有自己的人生理想和目标吗？或者说，有自己的梦想吗？"他们边说边向风筝摔落处走去。

"有。我长大后想当一名教师。"憨子不自信地看着石伯伯说。

"哦，很好啊！能跟伯伯讲讲为什么想当一名教师吗？"

"石伯伯，我性格憨，老师说我学习总是比别人慢半拍。为这个经常挨爸爸妈妈打骂，可我的班主任老师从来没有嫌弃我，经常不厌其烦地指导我、安慰我，有时我爸他们接我来晚了，她还在教室里陪着我。我长大了要当一名教师，像她那样，为那些在家受爸爸妈妈打骂、有苦无处说的孩子提供一个温馨的场所。"憨子含着泪花说。

"憨子，你有这颗金子般的心，伯伯很高兴！伯伯想问你，你爸打你骂你的时候，你向他解释了吗？"

"没有。他脾气一上来根本不让我说话。有时候我正在思考问题刚要有点眉目时，我爸看到我在发呆，不问青红皂白就是一顿臭骂，有时还把我的手工作品一把火烧了。只要稍微有点抵制，他就棍棒加身。现在，我走路时只要听到背后有脚步声就感到好像爸爸的棍棒高悬在头顶上。"

"啊！憨子啊，好孩子，你怎么不早跟你石伯伯说呢？"石诚停下脚步，把憨子揽在怀中，用手轻轻抚摸着憨子的头，"孩子啊，不要难过。伯伯知道了！伯伯一定和你爸爸说。不过，孩子，即使当教师，从小也要打好知识基础。还有，你也要学会理解你爸爸。你爸是个孤儿，一辈子吃了很多苦。他说他不希望你像他那样没有文化，只能被动接受生活的安排，听天由命。反之，有了知识，掌握了本领，我们就有自由选择过什么样生活的资本。这个时候才有底气说'我命由我不由天！'"

石诚接着说："我和你爸谈过，他还是信奉那个老传统'打是亲，骂是爱，不打不骂不成才。'他说他每次打过你后，背后都偷偷流泪，但是为了你的未来还是要忍痛割爱。唉！《红楼梦》上说：'痴心父母古来多'，哪个孩子不是父母的心头肉啊！"

见憨子眼眶含泪沉默不语，石诚继续说道："你知道吗？为了你能上一个好学校，你爸拿着自己工伤证明和你爸妈的下岗证，到处托人说情，可以说是见到庙就烧香，见到菩萨就磕头。只要有人说谁谁谁有办法，他就人托人地找到那个人，就差没有向人家下跪。直到有一天，遇到一位还算有点人情味的领导，三番五次找过后，那位领导有点不耐烦地说：'你怎么又来了？！''对不起，对不起！给领导添麻烦了！'你爸面对任何黑脸都是一副笑脸。老天不负苦心人，那位领导终于动了恻隐之心，这才有了你今天上的这个好学校。"

这时，憨子已经泪流满面："石伯伯，我知道我爸是为我好，我不恨他，我只想有一个安静的学习环境。"

石诚拍拍憨子的肩膀说："你爸那边我自然还会去找他沟通的。就你这边来说，伯伯送你一句话，就是德国哲学家尼采说的'一个人知道自己为什么而活，就可以忍受任何一种生活。'你爸一半是为了你，忍受了别人难以忍受的屈辱，扛住了常人难以承受的苦难。这一点，你应该向你爸学习，心中有爱，有责任，肩上就能扛担子。"憨子含泪地点点头。

"好！这才像个男子汉！到你当上一名光荣的人民教师的时候，可别忘了也让你石伯伯高兴高兴啊。"憨子终于破涕为笑了。

"来，我们来体验体验成功的乐趣！"石诚高高举起捡起的风筝。憨子牵着线，在石伯伯的指挥下，一会儿奔跑，一会儿驻足，一会儿尖叫，一会儿大笑，仿佛一切的委屈都随风而去，又仿佛这风筝就承载着他美妙的梦想，他要尽情地放飞，放飞！

离开滨江回到上海，经过两天的休整，石诚像准备迎战的战士，精神饱满地走进办公室。不过，今天好像比往日显得更加轻松。泡茶，看文件，打开电脑，看看有没有自己的电子邮件，一切按惯常程序进行。完成这一系列"规定动作"后，他一边喝茶，一边翻开案头当日的报纸，悠闲地"体验生活"。

不一会儿，韩菊蕊来向石诚讨教一个问题：她们公司老总本周要亲自召开一个研讨会，讨论下属子公司是否启动MBO——"管理者收购"改革，要求所有参会者都发表意见。小韩说她是第一次参加这样的会，心中无底，想请石总指教如何发言。

石诚今天的心情轻松愉快。他笑笑说："谈不上指教，但我可以把最近学习的体会和建议说说，供你参考。"

"您就别谦虚了，我知道您对经济方面还是很有见解的，我洗耳恭听。"韩菊蕊笑着说道。

"好啊，你让我'好为人师'的毛病又犯了！——MBO是'管理者收购'的英文缩写，是二十世纪七八十年代风靡于欧美国家的一种企业收购方式。即目标公司的管理者与经理层利用所融资本对公司股份的购买，以实现对公司所有权结构、控制权结构和资产结构的改变，实现管理者以所有者和经营者合一的身份主导重组公司。对中国企业而言，MBO最大的魅力在于能厘清企业产权，解决国有企业'所有者缺位'问题，建立企业的长效激励机制。"

"MBO还有一个优势就是能够降低企业代理成本，改善企业经营状况。"韩菊蕊似懂非懂地点点头。石诚站起来踱着步子说，"目前，国家对这项改革没有做硬性规定，各地都在尝试，有的地方快一些，如郑州的大型国企宇通客车就已完成了管理层收购。有的还在研究或观望。原因是，目前我国实行 MBO 改革存在两大硬伤：一是定价非市场化，大都采用协议收购，这样公允性难以保证；二是信息披露机制不健全，即信息不对称，由此可能造成国有资产流失。"

"对了！下面公司的职工打电话来说，他们最担心的是上面'暗箱操作'，以小博大，把国有资产变成私人财产。"大约是暗合了小韩的想法，她兴奋地说："那您说，我应该怎么说好呢？"

"建议你把推行 MBO 改革的优点和缺陷都说说。如果要你表态，你可以说赞成，但前提是要研究制定好定价机制、信息披露机制和监管机制。"

"太好了！正反两边都照顾到。谢谢您，石总！"小韩高兴地做了一个鬼脸。

石诚意犹未尽："小韩，你第一次参加这样的会，给人的第一印象很重要。有一句话我想提醒你一下，就是会上要注意讲话的艺术。"韩菊蕊不解其意，瞪大眼睛看着他。

石诚自顾说："既然是讨论会，就有可能产生两派或多派观点。如果遇到'杠精'，还可能产生争论。美国开国元勋之一的本杰明·富兰克林说过，争论会使人变得刻薄，还会使本来可以成为朋友的人变成敌人。所以，他给自己定了一条铁律，即在发言时，不要直接说出和别人意见相左的话，不要断然肯定自己的观点或断然否定别人的观点。这是他一生屡试不爽的成功秘诀之一。建议你在发言时尽量用'我理解……''我觉得……'词汇来代替'我肯定……''毫无疑问……'这类表述。呵呵，说这些仅供你参考。"

韩菊蕊心头一热，此时的石总是师长，更像是兄长！她深为自己能遇到这样一位良师益友感到高兴，连声答应："嗯，嗯，我记住了！"

韩菊蕊说着，犹豫了一下，然后快速地从文件夹里抽出一个信封递给石诚"石总，这是我最近在互联网上看到的一篇文章，觉得还不错，送给你看看，不知道有没有用？"说着她浅浅一笑，燕子一样的飞出了石诚办公室。

待小韩一走，他迫不及待地打开信封，跃入眼帘的是两个黑色的大字"年轻"。这是德裔美籍人塞缪尔·乌尔曼七十多年前写的一篇只有四百多字的短文。他轻轻地读下去：

"年轻，并非人生旅程的一段时光，也并非粉颊红唇和体魄的矫健。

"它是心灵中的一种状态，是头脑中的一个意念，是理性思维中的创造潜力，是情感活动中的一股勃勃的朝气，是人生春色深处的一缕东风。"

写得太好了！他接着往下念：

"年轻，意味着甘愿放弃温馨浪漫的爱情去闯荡生活，意味着超越羞涩、怯懦和欲望的胆识与气质。而六十岁的男人可能比二十岁的小伙子更多地拥有这种胆识与气质。没有人仅仅因为时光的流逝而变得衰老，只是随着理想的毁灭，人类才出现了老人……

"无论是六十岁还是十六岁，每个人都会被未来所吸引，都会对人生竞争中的欢乐怀着孩子般无穷无尽的渴望。……"

读着读着，他忽然意识到什么，眼睛湿润了。这姑娘用心良苦啊。是的，他虽然已过不惑之年，但仍然壮心不已。而有的人在他这般年龄已经开始研究保健和养生了。"让别人去做生活的骄子吧，我们的使命永远是开拓！"因为，我们正年轻！他开始踌躇满志地憧憬着在新的舞台上演出怎样一幕壮怀激烈的话剧。

生活和他开了个玩笑

　　石诚期待干一番事业的舞台选在石亦满公司落户的江南千年古城半山湖市。这里，人们常常用田园风光、生态山水来与老大哥上海媲美，以此刷一点存在感。不能不说，这个江南小城确有一种大都市少有的别样景致。城市山环水绕、绿意盎然，满目都是原生态的自然之美：城东面积足有两个西湖大的半山湖镶嵌在群峰争秀、氤氲馨香的山峦和湿地公园之间，湖中间的小岛绿树成荫，含烟凝翠。环湖柏油小道外侧白墙黛瓦的徽派建筑和灰墙红顶的别墅群星星点点地掩映在绿树丛中，使湖光山色有了尘世的生气和秀美。与湿地公园紧挨的城东护城河上明代早期所建的七孔石桥在两岸花团锦簇、高树低柳的映衬下显得格外静美。城中心的明清时代的青石街巷以及小巷深处的老树古井、茶楼酒肆和古色古香的街道让千年古城风韵犹存。老城周边崛起的忽而密集、忽而稀疏的各色建筑群分布在道路、河流和公园绿地之间，传统与现代在这个城市空间里随意穿越，让城市古老而又有青春活力。站在半山顶上文天阁俯瞰全市，浩渺连绵的江南山水尽收眼底。烟雨江南、山水之城美不胜收。夜晚临阁观景，偌大的半山湖恰似一轮明月高悬于繁星点点的夜空中，环湖建筑里秀出的点点灯光犹如众星捧月，让这个远离大都市商业化喧嚣的生态之城，又有别于山村乡野的淳朴与宁静，静谧与繁华在这里完美融合，呈现出一派清幽迷人的景象。

真是我见青山多妩媚，料青山见我应如是。石诚今天心情很好。看着这如诗如画的小城，一种清新惬意的感觉扑面而来。深深地呼吸一口久违的温润甜美的空气，一股豪情油然而生。他从上海辞职应聘来到半山湖市，将在这里开启不一样的人生！

不知怎的，这时，他脑海里突然又重现了他来半山湖市之前几位多年好友的热心劝告的画面。朋友们均不赞成他走这步充满风险的棋。

年生第一个劝告他："半山湖是个经济落后之地，恐怕你很难适应那里的环境，到时候有力无处使！"

亦满接着说："经济落后的地方，一般人的思想观念也比较落后。你不像我，黑道白道都能来。就怕秀才遇到兵，有理讲不清。"

笑天讲得更深刻："落后倒不一定就是坏事，关键看市委市政府有没有给你一个舞台，给你一把'尚方宝剑'，让你去大刀阔斧地干。否则，再优秀的演员，登不了台都会被废掉！"

对于这些话他都不以为然。他信奉李白的那句话"天生我材必有用"，难能正可图大功！至于有没有"尚方宝剑"，他相信市委市政府说话不会像企业那样随意。他太心仪那个兼有政府管理职能和企业运营功能的经济开发区干事的平台了，以至于好友们的一致反对都没有引起他的警觉和深思。

带着这份自信和激情，他先到市委市政府去报到。

也许是造化弄人。就在两个月前这个开发区的负责人得了重疾，动完手术后刚恢复上岗，组织上考虑在这个时候动位子不大合适，要石诚先当其助手。他当时怎么也没想到，这助手一干就是八九年！

当理想的鲜花遭遇现实的风吹雨打后，虽然清香还在，但已渐渐失去往日的光彩。初来山环水绕、田园牧歌式的江南小城的新鲜感渐渐退去，重拾起来的干事业的热情次次遇冷后，石诚开始重新审视自己的选择。

当年意气风发的他如今又黯然回到这个远比滨江落后的偏远小城，一些来看他的昔日同事、好友都很惋惜："如果你在滨江再坚持一下，情况肯定不会是这样！"

对此，石诚都是淡淡一笑。他常常自嘲，自己就是塞万提斯笔下的堂吉诃德式的人物，天真可笑。折腾来折腾去，谁解其中味？他知道，无论是颠沛流离的生活，还是跌宕起伏的人生，他那颗想干点事执着的心都没有改变。他从不为离开滨江而后悔，也不因碌碌无为而自责，但却对自己的天真幼稚难以释怀。有两个场景常常在他的脑海里挥之不去。

一个是，滨江新任市委书记到任不久主持召开常委会讨论城市建设问题，其中一个议题是市中心一条主干道拓宽改造问题。本来他只是列席会议，根本轮不到他发言。但书记见与会的市委常委和市人大、政府、政协的正、副职们都不发言，就点名要他这个搞城市文明创建的"总指挥"发言。

其实，书记的意图很明显，就是要有人破题，他好就汤下面。与会人员都心知肚明，这个项目是"书记项目"。大凡此类项目，领导背后都有一个施工队。所以大家就是不表态。只有他不明就里，书记一点名他就侃侃而谈："这条路拆了建，建了拆，十年搞了三次，这次再要开肠破肚，群众恐怕有意见。"他见书记眉头越皱越紧，还以为是他的发言引起了书记的深思。于是更加大胆地说，"再说，这次的改造方案本质上还是修修补补，是不是等经济条件好一点时再彻底拓宽取直？"书记就他的话说，此题下次再议。他还记得，散会后，一位人大常委会副主任和一位政府副市长，先后拍着他的肩膀说，你今天讲得真好，有理有据。他还为此高兴了好几天。多年以后，他才悟到，其实，他是充当了别人的炮筒子。说不定当时表扬他的人心里就在笑话他这个愣头青！

第二件事是，澜江圩破圩后，市长办公会讨论事故处理意见，会议结束时，市长忽然想到他这个救灾小组长应该有个发言（好记录在案）。本来会议已宣布结束，也有了结论，与会人员已经站起来准备离席，他只要顺口说个"没有意见"即可，但他却不知趣地把市长的应付差事当作尊重自己，慷慨陈词，建议圩区所在的县委书记、县长做个姿态，承担一定的领导责任，以上对省委省政府调查组、下对全市人民有个交代。具有讽刺意义的是，不到两三年，县委书记就已升为市委书记，县长也同步高升，而自己还在原地踏步，听命于新书记的帐下。

如此看来，今天的一切好像都是命运的安排，其实细细想来都有自己的原因。这就是，性格决定命运。

多次的反躬自省后，他慢慢地释怀了，但江山易改，本性难移。他心里还是执着于原来的信念——干点事儿。为此，他"衣带渐宽终不悔，为伊消得人憔悴"。至于以后的路怎么走，"尽人事，听天命"！于是，他与自己订了个"三不"约定：不与命运较劲，努力抓住机遇，顺势而为，与趋势同行；不与他人较劲，得饶人处且饶人，退一步海阔天空，与环境和解；不与自己较劲，不自责过去，不纠结未来，与当下握手。他要自己即使在最不利的情况下，也要努力争取一个有利的工作环境。

然而，现实常常让他沮丧。特别让他落寞的是，这里很难碰到能与自己有共同语言、在同一个认知层面上交流的人。正像有人说的那样，虽然身处闹市，但却孤独如一人。这种感觉在每次开会听报告或饭局上闲谈时都能感受到。有的报告人有时像发现新大陆一样提出一个新的理念，而这些理念早在十多年前孙、王主政时代的滨江市机关干部就已耳熟能详。有些人一谈及发展经济的想法和体会时，往往很自豪地说："我在乡里当乡长时，如何如何做……"而同样的场景，同样的议题，滨江的领导往往都是"这件事，上海怎么做，深圳怎么做，沿海发达地区的经验是如何如何……"

除此以外，他还发现一个有趣的"中巴车现象"：政府或企业的中层以上干部们的兴趣和话题与所在地经济发达程度直线相关：在上海，外出考察的中巴车上或上下班通勤车上，大家话题大都是纽约股市，道琼斯指数和沪指以及哪家上市公司成功募集资金等国内外经济大事件；在滨江，外出考察的中巴车上，大家谈论最多的是省市的干部人事变动和调侃谁谁又有可能再"进步"之类的官场话题；而在半山湖市，外出考察的中巴车上，最精彩的话题往往都夹杂一些"黄段子"，就像小时候听艺人说大鼓书一样，讲的人往往一脸严肃，听的人却笑得前仰后合，还不时有"精彩！""经典！"的评价和掌声的鼓励。

他开始怀念在上海那谈笑皆雅士、满目是青春的日子。

他在闲来无事的时候，常常拿起小韩送给他的《年轻》反复诵读，是想从中汲取什么力量抑或是寻求什么慰藉，他不自知。他无法抹去脑海中他离开上海那天早晨发生的那一幕。

那是在公寓楼餐厅吃早餐时，正好韩菊蕊也在。他对大家说："再见了，各位同仁们！我已经辞职回原籍了。"听他这样说，大家并没有表现出多少惊讶。一来他们不是同一部门同事，工作上没有多少交往，只有早晚餐时碰个面，也谈不上什么互相帮助，谢谢这类客套话。二来，这个公司新人进、老人出这一幕经常上演，甚至来了几天就辞职的也大有人在。于是有人波澜不惊地问了一句："什么时候走？"

"吃完早饭就走，东西已经装车了。"

这时，只见小韩两行眼泪夺眶而出，随即放下碗筷夺门而去。就是这样一副姑娘双眼满含泪水的画面定格在他脑子里挥之不去："你走，我不送你；你来，无论多大风多大雨，我要去接你！"这场景多像梁实秋笔下的那剪不断的离别之情！尤其是临上车前，同住公寓楼的集团人事部的刘大姐的叮嘱更让他想起来就心痛。大姐要他今后多和小韩联系："她早已知道你的生活现状，有心想为你分忧。"这让他十分诧异。因为到上海后，他把自己包裹得严严实实，从来不对外人谈起自己的家事，而小韩也从来没有问过他的私事。现在看来他这样的做法多少有点过失。不过，在当时，他也有自己的理由：他想有一个舞台为社会干点事的梦想一直没有实现，难得一次的机会不能错过！而感情上的事，在此时则让位于理智：一个一线城市，一个四五线城市，偶尔闪过的念头，随即被理智舍弃，既然知道没有结果，又何必平添烦恼？于是事前他对外人都守口如瓶。再说，接收单位一直没有回话，直到前一天上午，他得到肯定答复后才匆忙办完离职手续。匆忙之中，他在头天下午才想起将即将离职的事告诉她。现在，他们相隔千里，隔空喊话也只能是一厢情愿了，唯有这份《年轻》能保存他的美好回忆。他一次又一次地将她在秀水河畔诵读《年轻》时的情景在脑海里"过电影"。

那是深秋的一个傍晚，晚霞映照在静静的秀水河上，泛出微微的金光。在他深情地复述《年轻》时，她从他的手中夺过她送给他的那份文稿，然后激情澎湃地诵读起来，眼中跃动着兴奋的光辉：

"岁月可以在皮肤上留下皱纹，却无法为灵魂刻上一丝痕迹。忧虑、恐惧、缺乏自信才使人伛偻于时间尘埃之中。

"在你我心灵的深处，同样有一个无线电台，只要它不停地从人群中，从无限的时间中接受美好、希望、欢欣、勇气和力量的信息，你我就永远年轻。一旦这无线电台坍塌，你的心便会被玩世不恭和悲观失望的寒冷酷雪所覆盖，你便衰老了，即使你只有二十岁。但如果这无线电台始终矗立在你心中，捕捉着每个乐观向上的电波，你便有希望超过年轻的八十岁。"

那天，他惊讶地发现，小韩是那么的美丽动人！他强烈地感觉到，这激扬悦耳的声音里有她的希冀与鼓励，这含笑期许的眼神里有她的纯情与爱心。是的，心若不老，太阳每天都是新的，人生何时都有希望。想到这，他又重新找回逝去的青春。

正当他情绪低落，却又要奋力爬坡，夜夜辗转反侧孤独难眠的时候，一个周末的深夜，他收到了韩菊蕊来自远方的短信："有人牵挂的旅程就不算漂泊，有人思念的人生就不算寂寞！"一个在沮丧和孤独中的漂泊之人突然收到这样一个异性朋友的远方来信，石诚心潮云涌，两行泪水也随之落下。怎样回复呢？说淡了，不能表达自己深深的感激之情，说深了，又恐引起对方的误解。正当他纠结如何得体的回复小韩短信的时候，第二天晚上，他又收到小韩另一则更长的信息：

"石大哥：你好！昨天发给你的短信没有收到你的回复。我猜想，也许是你到一个新单位后工作太忙，也许是你遇到了什么烦心事。如果不幸如此，我想说，跌宕起伏是人生常态。人生的美丽重在过程而不必太在乎结果。只要不丢失你常说的'屡仆屡起'的英雄精神，就永远是一个堂堂而立的男子汉！哦，对了！上次你走得匆忙，未来得及给你送上什么礼物做个纪念，毕竟我们相识一场。冬天快到了，我给伯母买了一套羽绒衣服（一次我在你办公桌上看到你和伯母的合影，估计伯母的身材大约和我母亲差不多，于是，我就按我母亲衣服尺寸买了），请在方便的时候把你的通信地址发给我，我给你寄过去。希望你和伯母能够喜欢它。祝你开心快乐！"

人生难得一知己。石诚这才强烈地意识到，她与他已有一种心灵相通、心心相印的默契与共通，一时间不能自己。积压已久的感情像火山喷发一样迸发出来，他满含泪水，披衣下床，奋笔疾书，给她写下了日后他自己想起来都激动的一封信：

"菊蕊：你好！谢谢你的挂心与鼓励！

"上苍安排让我遇见了你，犹如久处阴霾欣逢云开日出，充满着对上苍的感恩和对未来的憧憬。

"因为太美好了，所以特别珍惜，生怕稍有不敬就会亵渎我们的友谊和感情。就像一位艺术家，手中拿着一块美玉，怎么琢磨也难以下手。我想让你变成天上的凤凰，让万众瞩目，翘首仰望；我想让你变成当代的西施，让万千佳丽都来效颦；我想让你变成月宫的嫦娥，让芸芸众生都向往天上人间！

"然而，我对此并不满意：西施垂泪，嫦娥寂寞，凤凰也有落毛之时。我知道，花前月下难敌漫漫长夜，柔情蜜语也只能快意一时，唯有平凡才是人生常态。……"

不想，这信手拈来的最后几句话却突然让他醒悟：我现在身处的这个全省最落后的小城，和中国最发达的大上海更不能相比，这现实吗？尤其是，她还有个老母亲在上海需要她照顾。以上海人的上海情结，老人家一定不会允许她离开上海，而他重回上海的路又在何方？但小韩那眼含泪水的画面这时又固执地重现在他的脑海，令他心绪难平。于是他推门来到阳台上。

江南的夜色，空蒙迷离。远处，护城河上的老树古桥在夜色下依稀可见。近处，本来就不太繁华的街道早已清冷无一人。此刻他的心情正如秦观笔下这如水的夜景一样："雾失楼台，月迷津渡。桃园望断无寻处。"

理想和现实的强烈反差逐渐让他清醒：当一切归于平凡后，我拿什么来给人家幸福？眼前的苟且尚不知何时走出，而"诗和远方"又怎能敌过时间的考验和现实的残酷？新鲜感过后漫漫长路怎么走？对！我不能太自私，她应该拥有更好的人生！

面对人间至美，此时，他心灵的愿望不是占有，而是祈祷她幸福。这时，他耳边一个声音响起："相濡以沫，不如相忘于江湖！"想到这里，他遂将写好的信收起，复又躺到床上，彻夜未眠，直到天快亮，他才言不由衷地在手机上写了另一段文字，准备上午以手机短信的方式发出：

"小韩：你好！谢谢你的挂心与鼓励！我现在很好。有机会来上海时我再来看你。祝好！"

迷迷糊糊睡了一上午。起床后，他将这段话字斟句酌地再审视一番，然后用手机发出，口中喃喃地说："再见了，菊蕊！"任凭两行热泪滚到脸颊。他深信自己做的是一个正确的抉择。随后，他将手机卡退下，下午，就换成了当地的号码。

平淡的日子年年过。在一个落英缤纷的暮春时节，他出差至上海，故地重游，漫步在当年他和韩菊蕊"偶遇"的秀水河畔，这里已物是人非。再在桥上看风景，只见一湾秀水无情流逝，不复回头。垂柳依依，犹如再现她对他的一颦一笑。碧水轻流，仿佛在诉说他对她的深情厚谊。他百感交集。正是"人面不知何处去，桃花依旧笑春风"。

他就这样木然地看着眼下的流水，看着远方的天空。不知不觉间，已到明月高挂、群星闪烁时，不远处当年自己住过的公寓楼也已透出点点灯光。他不禁心生悲凉：长沟流月去无声，杏花疏影里，吹笛到天明。他情不自禁地从背包里掏出那支跟随他转战南北的短笛信口吹起那久远的歌谣。自从上大学后，紧张的学习，繁忙的工作，让他无暇顾及这位忠实伙伴，但到半山湖后，它又回到久违的主人身边，成了他排解寂寞、疏导情绪的心爱之物。

一曲下来，他已是泪流满面，下意识地向公寓楼走去。是想碰碰运气再一次地"偶遇"？还是想直露心迹，卸掉心头长期压抑的包袱？他想当面问问小韩："那一缕菊香可曾长留心间？那一串笑语可曾常萦耳边？"忽然，他想到了王国维的两句诗："最是人间留不住，朱颜辞镜花辞树"，不禁平生感慨：任何美好的事物经过时间的洗涤与消磨，都有可能失去往日的光彩，他不去了！他不想听到她任何不好的消息，害怕看到她有丝毫变化的身影，他要让她那清纯可爱的笑容永远镌刻在他的脑海里：春色无边，我只要记她那回眸一瞬！他也要让他当年虽称不上高大伟岸，但还算年富力强的形象永远留在她的记忆里：岁月流逝，但愿真情长留人间！

于是他决然往回走，及至转身时，又情不自禁地深情回望那栋充满温馨回忆的小楼。只是不知她现在过得怎样了，他给她一个深深的祝福："菊蕊，石哥祝你永远幸福，幸福永远！"此时，一行热泪夺眶而出："上苍是公平的，让我遇见了如此的美好，这是岁月对我的最好的馈赠！"

不知为何，他忽然又感慨道："人生啊，没有得到的都是美好的，而一旦得到了往往又不珍惜，有的甚至碎成一地鸡毛，幸福永远在路上。唉！"他要把这份美好珍藏在心，温暖一生！想到这里，他快步离开了这块曾经让他无比幸福，此时又让他无比惆怅与痛苦的土地。

韩菊蕊在收到石诚回复的那个短信后，隐隐感到他的情绪不佳，不像在上海的那个石总那么健谈。慢慢地，她萌生了想以出差的名义顺道去看看他的念头。于是，她又给他发了一则把全部的感情浓缩在家常话里的信息。

短信发出后她就一直等着石诚的回复。一周，两周……一个月过去了，还是杳无音讯！女生的矜持让她几次拿起电话又放下。后来，她就有事无事地到集团人事部刘大姐那里去转转，因为她知道他走得匆忙，还有不少离职手续没办好。令她失望的是，关于他的讯息一点儿都没有，哪怕是只言片语！更令她失望乃至绝望的是，当她无数次鼓起勇气，最终拿起电话拨出石诚的号码时，电话语音显示竟然是空号！

老话说爱屋及乌。韩菊蕊想到了马总。对！是马总将他们召集到一起去外地考察的，马总一定知道石大哥的联系方式！于是她直接找到了马东野，借口上次她借石总的书还没还，向他索要石总的通信方式。遗憾的是，马东野也不知道石诚的新号码。他们都自责当时没有向他索要他新的通信地址，以至于现在连电话查询都无从下手。正是因为这件事，他们经常到一起谈论那次考察中奇闻轶事。一来二往，日久生情。在马东野的猛烈攻势下，韩菊蕊由对石诚的死心转向了对马总的认可。也许是爱情的力量，马东野在回北京只差临门一脚时，果断终止调离程序，心无旁骛地留在了上海，开启了他和石诚不一样的新的人生。

再说石诚这边，日子过得平淡如水。上班时迎来送往，协调各方，活像一个专断家务事的老娘舅。偶尔有个公差外出，算是对自己碌碌无为人生付出苦劳的一次犒赏。最难打发的是晚上，这里没有灯红酒绿的夜生活，也没有晚上挑灯夜战的环境和氛围。晚饭后，他常常一个人独自散步。梭罗说过，漫步如若具备悠闲、自由和独立不可或缺的三大要素，那就是任何财富都买不到的，只有承蒙天恩。他就这样享受着上天的恩赐。漫步在白天最繁华的十字街头，街两边不少商铺已早早打烊，除了几家稍大的店铺外，依然开门的商铺也往往只见灯火不见人。原来，一到冬天店主人或店员大都坐在柜台后面双脚放进电火桶里取暖。如果你要询问什么商品，得到的回答大都是两个字"有"或"冇"。只有当你确定要买时，他（她）们才会慢腾腾地从火桶内下来交货、收钱。除非必须，这里很难激起你的购物欲望。不像在上海或滨江，见到有顾客上门，营业员都会热心迎上来主动询问顾客需求，如果店里没有顾客所要商品，他（她）们就会热心推荐具有类似功用或款式的商品供你选择。因此，这里街头散步很少有临时动议、一时心血来潮购买的副产品带回，有的是独处的乐趣和闲适。有时他想，一方水土养育一方人，这种慢生活节拍不也有另一番趣味吗？

记得有一年春节刚过，正月里整个半山湖市还处在节日的狂欢中，他信步来到古城东门，依稀听到锣鼓声喧嚣，寻声走过去，只见在东门外一块空旷地上依着古城墙搭了一个戏台，台前已坐满了几排观众，后面还密密匝匝站着一圈又一圈的看客。他走进一打听，原来是郊区傩戏之乡的戏班子到城里来巡演。千年傩戏是一种古老的地方戏曲剧种，国家非物质文化遗产，以其古朴淳厚的魅力打动人心，被誉为戏曲活化石。当晚演出的是《钟馗与小鬼》的傩戏。在正戏演出前是舞蹈傩舞，舞时大多用锣鼓伴奏，节奏明快，动作性强，演员身段灵活且粗犷有力，有一种东方古典雕塑艺术的自然美。刹那间，锣鼓喧天，人流涌动，童年看戏时的氛围感油然而生。随着剧中场景慢慢地代入，他渐渐沉浸其中。傩戏吸引人之处主要是靠比京剧脸谱更为夸张的面具和演员们惟妙惟肖的表演。本出戏表述的是小鬼欲盗取象征权力的宝剑，对钟馗极尽奉承拍马之能事，并以美酒为饵骗得宝剑，遂不可一世。钟馗颜面尽失，假意向小鬼屈身求恕，而小鬼不依不饶，最后钟馗智取宝剑，制服了小鬼，赢得了比较圆满的大结局。虽然剧情不复杂，但因全剧没有一句台词和旁白，全靠演员过硬的肢体语言表演功夫，引得台下如痴如醉的观众常常张大嘴巴，伸长脖子，眼睛一刻也不离开舞台，随着剧情的变化，时而笑得前仰后合，时而频频点头深深赞许。是啊，虽然在时代变迁的磨洗中，剧情渐渐远离了现代生活，但它不又是从某种程度上再现了"当代史"？此时的石诚也已陷入梦里不知身是客的状态。一出结束，回过神来，他想，这不也是生命的一种状态吗？是的，生命因闲适自在而滋润。由此，他对小城生出一种别样的情愫。

为了打破无所事事的僵局，他想以自己的一技之长再搏一次。他开始尝试给市委市政府领导提发展经济的建议。他首先想到了眼下全国上下都在积极践行党中央提出的科学发展观，注重环境保护。于是，根据在滨江和上海工作的体会，尤其是在上海筹办生命科学园区时对开发园区未来发展方向的认知，向市委市政府提出将半山湖开发区建成生态经济开发区的建议。在没有得到回复后，他把目光放到开发区，提议建一个职工食堂，一来方便家住市区职工中午就餐问题，二来节约招商引资和征地拆迁的招待费用。没想到，这本来是个皆大欢喜的好事，却给他带来不少的烦恼。

地处市郊的开发区食堂一经建成就成了市县两级外地交流来的干部周末休闲的好去处。这本来是件开发区求之不得的与市委市政府及市直相关部门融洽关系的好机会，但石诚却高兴不起来。原来，经常来光顾开发区食堂的贵宾中有一位特殊的客人：市长殷若愚。石诚怕见他，但又不能不见！

若愚市长第一次出现在石诚面前时就不同凡响：个头不高但很结实，西装布履，行为不拘礼节。当他挨个儿接见开发区班子成员走到石诚面前时，石诚赶忙像前面同事一样伸出手准备和市长握手。不想，市长却无意和他握手："你就是新来的石……"

"石诚。"石诚尴尬地答道。话音未落，市长已在和下一位同事握手。本来，随着时间推移，这事在石诚脑子里已渐渐淡化了，没想到，自己最怕见的人现在隔三岔五地又要到开发区来，而且，又不能不见。起初，他一听市长要来开发区，就找借口出差。然而，躲得了初一躲不过十五！

最让他感到不自在的还是这里的饭局文化。这不，饭局中人敬酒都习惯于"打的"到领导身边，还满嘴的恭维话。每逢这种场合，他就"搭便车"夹在排队敬酒的队伍里意图蒙混过关。然而，不幸的是，每次这样都被市长发现。正像社会上有人调侃那些贪官一样，哪些人送过礼他记不得了，但哪个人没送礼他却记得清清楚楚。

这样三五次后，市长不再是面露不悦，而是直接发问："石副主任，我发现你好像和我喝酒很勉强，是吗？"声调不高但却透着威严，毫不掩饰他"顺我者昌，逆我者亡"的行事风格。

"不是，不是，殷市长，您误会了，我实在不胜酒力，我喝干！"说着，石诚一扬脖子一饮而尽。市长看到石诚呛得鼻涕眼泪都下来了，也就没再说什么。这次陪餐后，他感觉这样"混"不下去了，也不可能立马走人。听在这里已经站稳脚跟的亦满说，凡新来半山湖的交流干部或投资客商第一站都要先去拜望这位市长。他感到自己又落后了。想来想去，他觉得还是拿出在滨江的老办法：直接向市长建言，以拉近与市长的距离，融洽关系。

在下一次陪餐中，石诚看到陪餐人不多，属于小范围聚会，于是酒过三巡，他端起酒杯，"打的"到市长身边一口喝下："殷市长，我不胜酒力，就给领导提几条建议来弥补这个缺憾。"市长不以为然地微微侧过脸乜了他一眼。

这次他是有备而来，不管市长态度如何，先把话题抛出来再说。于是他回到座位后说："殷市长，我觉得，我市宏远旅游集团具备上市条件，可以考虑包装上市。"

"上市？融资？宏远集团现在不缺钱。"市长似乎多说一句话都嫌烦。

石诚一愣，市长没有兴趣！这时他想到了本杰明·富兰克林的忠告：向别人建言时不要诉诸理性，而要诉诸利益！于是他说："公司上市还有一个好处就是扩大知名度。"不等市长接言，他自顾自地说下去："公司上市的那一天，您和上海证券交易所的总裁要一道敲锣，那一刻，全世界都在瞩目。"

"啊?！真的？好！我知道了。"石诚注意到市长此时已抬头看着他。于是他继续说："我还有一个建议，就是环城河清淤改造。我在同济大学看到了他们受市建委委托为环城河改造规划设计的动画片，如果实施，十年之内，半山湖市将会成为江南最美的城市之一。"

在座的都知道，环城河改造讲了多年，因为投资巨大，财力所限，市委、市人大一直未通过。石诚佯装不知道，继续说："那时候，无论您在不在半山湖市，人们都会触景生情，感谢您为半山湖人民做了一件大好事。"

"啊？我发现你不但会说话，而且还是很有思想的。"市长终于露出笑脸。看到市长表扬自己，石诚用眼睛余光注意到坐在若愚市长旁边的分管开发区的穆副市长不自在的表情。让他没有想到的是，一周后，市长即调看了那个设计动画片，随后不久市政府就用分段施工的方式绕开市委和市人大启动了环城河改造工程。更让他没有想到的是，这看似成功的建言背后却埋下了足以毁掉他余下职业生涯的定时炸弹。

大约是市长经常光顾开发区，穆副市长也加强了对开发区的领导。开发区首次招到一个十亿元的金马工程项目，他亲任项目领导小组组长，并明确开发区分管征地拆迁和基建工作的石诚担任副组长，具体负责项目征地拆迁工作。

终于有事可干！石诚信心满满地召集村民代表开会动员。动员会上，他苦口婆心，从国家政策，外地经验讲到开发区打算，最后他给与会人员描绘了一幅未来开发区的美好愿景。正当他侃侃而谈，意犹未尽时，台下一位中年妇女赵莉即打断他的话："领导，你讲那么多，我们听不懂，你就说给我们每亩多少钱？"他按照省市征地补偿政策给予回答，当然得不到同意，会议不欢而散。于是，他延续滨江的做法，挨家挨户做工作！

结果可想而知。石诚带着工作组成员走东村，串西村，一无所获。于是他们决定重点突破，选定一个只有十几户人家的小自然村，每人包两户做工作。果然，诚心感动人，不出几天，就有几户同意签字。然而，到了第二天来签字时，这些人又都同时反悔了。他们经过了解，原来，头天晚上村委会副主任赵莉带来了"组织"的决定：各户不得擅自行动，否则，将来村里有什么福利均与他们无缘！

为取信客商，穆副市长要求开发区必须如期举行开工典礼。出于无奈，工作组只能一边做群众工作，一边做开工准备。如同一把火丢进干柴堆，村民们不是集体沉默，而是集体暴发。第二天上午刚一上班，十几位村民代表就义愤填膺地堵住了开发区管委会大门。这时，有人直接要求已到办公室的石诚下来对话。石诚自信为人民做好事，毫不犹豫地出来与村民见面。让他毫无准备的是，代表们张口就骂骂咧咧，有人还扬言，只有拳头解决问题。

为人不做亏心事，半夜不怕鬼叫门，谅他们不敢怎么样！石诚干脆敞开夹克挺起胸脯让他们打。没想，这还真的遇到了硬茬！村民真的开始动手了，而且还不同于在滨江的遭遇：这次动手的都是男人！驾驶员小陶了解这里的剽悍民风，用高大魁梧的身材上前挡住，前来上班的开发区工作人员将石诚拉进门里。首战失利，他十分苦闷。

大约是惺惺相惜，干事人同情干事人。村主任李华来到石诚办公室："其他话我不能多说，我就送你一句话'乡下狮子乡下舞'！"

"乡下狮子乡下舞？"这位李主任有什么话不能对我直说呢？他这句话又想暗示我什么呢？他苦苦思索着，整整用了一周时间才悟出了他的真正用意。于是石诚破例要驾驶员从食堂领一箱接待征地村民用酒和两条接待用烟。每天下午下班后即约村支书等村干部和部分村民组长喝酒、打牌、聊天。为了和他们打成一片，他不仅打破了酒戒，还学着叼起了香烟。渐渐地就到了和这帮村干部称兄道弟、无话不谈的地步。功夫不负苦心人。终于有一天，村支书在酒足饭饱后拍着胸脯说，这事交给他了！不出一月，除了两户在外地打工的户主外，其他全部同意签字。这时，他才悟出来：良好的人际关系胜过千万条大道理！

然而，这世界就是这么奇妙，一只蝴蝶在这半球煽动一下翅膀，就有可能在另一半球掀起滔天巨浪！见过外面世界的两户人家，成了钉子户。他们在石诚这里捞不到什么大油水根本不恋战，转而通过关系直接通天！最后如愿以双倍以上价格成交。这一切当然是保密的。话说这世上没有不透风的墙。两户高价拿到补偿款的消息传出后，一浪荡出千层波。

一帮妇女在赵莉的带领下，吵吵嚷嚷来到工地。见业主单位和施工单位川流不息的工作人员在不停地忙忙碌碌，这位领头人就用神秘的口气对大家说："你们听我说，我们自己先要有个主意，对待这帮斯文人就要像对待家里的男人一样，不要和他讲理，一开始就要打掉他的锐气，让他驯服，以后叫他干什么他就干什么！"

大家会心地一笑，齐声说："对，就这么干！"

"你讲怎么干就怎么干，我们听你的！"这位平时总是给你一张笑眯眯脸的女人颇得人心，一呼百应。这时，平常以弱势群体自称的妇女们齐刷刷地站到已经进场、并排摆列、机头佩戴红绸红花整装待发的十几台挖掘机、铲车前，一副视死如归的阵势。开发区负责监管施工的中层干部洪峰看到这场面，走过来正要问明究竟，赵莉即迎上去冲着洪大喊："你们谁是这里的负责人？"

"发生了什么事？你们这是……征地补偿款不都谈好了吗？"洪峰疑惑地问。

"什么事？你当我们好欺负?! 你们当官之间谈什么我们不管，我们老百姓只要一口饭吃！"看着年轻的小洪，赵莉手指着他的鼻子狠狠地说："不答应我们的要求，你们就别想动工！"

她边说边回头对着她那帮队友们："你们说对不对？"

"对！说得好！"

"要想施工，先过了老娘这一关再说！"

大家七嘴八舌的为赵副主任助威。

洪峰感到今天这些人来者不善，马上转身走到一边拨通了石副主任的电话。

石诚大体了解事情原委后并没有惊慌，这样的事他经历得多了。反而，他有一种使命感：一定要把这事处理好，既不能耽误施工，又不能让老百姓吃亏。于是他约上村民所在镇分管副镇长黄亚琼驱车去工地。先期到达的黄副镇长立刻就被这群妇女团团围住。黄副镇长一看，加上周边凑热闹的老人、孩子，足足有几百人，黑压压的一片。

不知是担心石副主任的安全，还是下意识的行为，她急急地喊道："石主任呢？石主任呢？"

这时，人群中一位老者大喊一声："打的就是这个石主任！就是他要让我们种田无地，住家无房！"

妇女们一下子如梦初醒，潮水般地向停在临时道路旁的小轿车涌来。正在观察事态发展的石诚，猝不及防，连人带车旋即被团团围住。妇女们这个扯衣角，那个拽胳膊，更有甚者，有人干脆一手揪住他的领带，一手撕扯他的羊毛衫。面对一帮妇女，他不能还手，就像待宰的羔羊，任人宰割。随行的公安分局局长见此情景也愣了神。

就在事态即将完全失控、可能酿成恶性事故的千钧一发之际，突然"呜，呜，轰⋯⋯轰轰⋯⋯轰轰轰⋯⋯"石诚身旁的小轿车像即将冲锋陷阵的战马抖动身躯，愤怒嘶鸣。

"石主任，快上车！"驾驶员小陶扭头对着车窗玻璃已摇下的右侧车门那边喊道。站在一旁的洪锋迅速打开车门将石诚推入车中。那帮妇女被突如其来的轰鸣声惊呆了，本能地闪开了一条道。说时迟，那时快，小陶神速挂挡，还没等她们回过神来，小汽车已经一溜烟地冲出了包围圈。石诚从后视镜上看到车后是一片开心的狂欢，也许她们要的就是这种效果！

离开工地后，石诚直接驱车去市政府向主管这项工程的市领导小组组长穆向东汇报。毕竟，他才是这个工程真正的"总指挥"。看到石诚敲门还未等回应就推门进来风风火火的样子，副市长抬头笑眯眯地问道："石主任，有什么事吗？"

"穆市长，金马工程出事了！大批村民集中到工地上阻止施工。"

副市长感到事情有点严重，认真地问道："不是谈好了吗，为什么又反复？"

石诚看着穆向东欲言又止，副市长似乎意识到什么，就直接问："他们提出什么要求？"

"他们说，那点补偿款还不够他们养家糊口，并威胁说，如果解决不好，他们还要到市政府来请愿⋯⋯"

听说群众要到市政府来，穆副市长立马打断他的话："群众的事情无小事。你抓紧去研究个解决方案，只要不违背大政策，你说了算！"说着，他微笑着目送石诚走出办公室。

石诚怀着复杂的心情回到办公室。这时，门口早已堵着一帮人。见他到来，赵莉立马迎上去："领导，我们不是来闹事的，只要你答应我们的要求，你们什么时候开工都行。"

"答应？答应你们的要求就违背了国家政策，不答应，你们又要……你们能换位思考我们的难处吗？"石诚恳切地望着这帮人。

"好，你不答应，是吧？我们找市长去！"赵莉手一挥，"我们走！"

"等等！我先找有关人员商量商量，明天上午给你们回话，怎么样？"

"好。我们等着你回话！你不要耍心眼，跑得了和尚跑不了庙！"说完，这帮"巾帼英雄"才愤愤离去。

当天下午，石诚召集有关职能局室负责人研究对策。他深知，处事的最高智慧是善于将坏事变成好事。他在介绍事情原委后说："村民们要求征地拆迁款翻倍上涨是不现实的，与省市现行补偿标准差距太大。即使我们有这个胆，开发区和业主企业也付不起这个钱。而且，今后上级部门如果查到了，吃不了兜着走。"大家一时没有思想准备，面面相觑。

"我中午想了想，可否参考沿海发达地区的做法，成立一个物业管理公司或建筑服务公司，由开发区垫资注册。主要为招商进来的企业提供房产管理和保洁服务或者承担开发区一些零星建筑工程。这样，一方面能够解决被征地老百姓就业问题，另一方面也能够改善和强化开发区的现场管理。"大家说也只能这样了。后来根据需要，这个公司则变成了综合性公司，下辖一个物业公司和一个建筑公司。前者主要吸纳被征地农户的妇女和残疾人从事物业和保洁工作。后者主要吸纳被征地农户的青壮年劳动力，从事区内绿化、沟渠和道路护坡等零星建筑业务。这件事就这样平息下去了。

石诚自认为干了一件两全其美的好事。让他没想到的是，多年以后，他旧地重访，发现当年他向老百姓描述的繁华的工业区和家家户户有劳动能力的成年男女就近工厂上班就业，"农民变工人，农村变城市，村民变市民"的美好愿景并没有出现，取而代之的是，一片荒芜的土地，日渐破落的安置房和生活更加困难的村民们。

得到通知前来向他介绍情况的原村委会主任、现在的建筑公司负责人李华告诉他，自从他离开开发区后，金马项目因为各种频繁收费、检查，特别是少数领导有意使绊子，运行艰难。他们一气之下搬走了，之后这里一直没有招到大项目入驻。服务公司业务冷清，职工收入低下。特别是，当年的那点征地补偿费拿到手后，有的人家就忙着买家电，娶媳妇等，早花光了，现在已经完全失去生活来源，成年人只能被迫出去打工。他还得知，当年安置时的孩子现在已经长大结婚生子，一家三代甚至四代人依旧住着那个户户紧挨无法扩建的安置房，日子大不如从前。看到这一幕，石诚心里五味杂陈：当年为征地奋不顾身，值吗？面对这帮百姓，他在心里深深地忏悔。

他由此感慨：凡事自己不能把握的就不要轻易承诺，因为你不能保证别人对你的承诺都能兑现。一旦你对别人承诺了则必须兑现！他要把这一条认知告诉后人！当然，这是后话。

就在石诚认为征地这件事暂告一段落，可以轻松喘口气的时候，穆副市长却就此约他谈话。

副市长笑脸相迎，话也说得情真意切："金马工程征地这件事你受了不少委屈。怎么说呢，吃一堑长一智吧。有些事不能照搬照套政策，政策是死的，人是活的。啊？是吧？"看到石诚既没有辩解，也没有表示谢谢市长的理解，他话锋一转，"好了，今天不说这个。我听说，你在滨江市曾经从事过外经贸工作，招商引资才是你的强项。"石诚在猜想，他究竟要说什么？

还没等他理出头绪，穆副市长就直奔主题："当前，招商引资是大事。我想把开发区最强的力量放到招商引资方面。你明白我的意思吗？"

石诚明明知道，征地一完成，接下来的就是大规模的平整土地和修路等基建工程。开发区这个特殊时期的特殊管理体制，财政监管不像县区政府那么严格。因此，一段时期这个领域是很多政府官员由此贪腐栽倒的"重灾区"。是领导不相信自己还是他另有打算？心里这样想，嘴上却说："穆市长，我是一个职业兵，领导指到哪里我就冲到哪里。"看到这个表态，副市长如释重负，掩饰不住自己开心的心情："哈哈！我倒是很欣赏当兵的，爽快！"

看着石诚站起来要走，副市长笑着用手示意他坐下说："不要急，石主任，还有一件事要和你商量。"副市长笑容可掬地把头往石诚这边凑近略显诡秘地说："听说你分管财务这一块也力不从心，是吧？"说着微微一笑。石诚一愣，很快想起来了另一件事。那是一个月前，国家和省出台一个政策，各地的开发区如果当年的国内生产总值（GDP）达到三亿元，财政收入达到三千万元，就可以从准副厅级正式升格为副厅级，也就是由地方粮票转为国家粮票。这个机遇对于一把手晋级来说是独一无二的。

然而，这样皆大欢喜的好消息却让人高兴不起来。原来，现在的半山湖开发区，无论是 GDP 指标，还是财政收入指标都与规定指标相差甚远。正常情况下，在两三年内实现几乎没有可能。而穆副市长却要求当年就要达到！石诚同时分管开发区统计和财政工作，对他来说，这无异于要他做无米之炊！就在他和他所分管的经贸和财政局长都束手无策之际，副市长却和他的另一帮部属手起刀落地变通处理了这件事。而他和他的那两位下属则被副市长认为是头脑只有一根筋的"理工男"。想到此，他点点头说："是的，我不是那块料。穆市长还是另请高明吧。"这次，副市长不是干笑，更不是大笑，而是长长地叹了一口气："唉，我这个人哪，从来不愿意强人所难。这样吧，我再想办法另找人接替。"

石诚心想，在开发区即将大兴土木，动辄几千万甚至上亿元进出账之前，让我这个外来户彻底走人，也好！唉，当年自己要不是服从分配，一直做一个探究自然奥秘的单纯的"理工男"，有多好啊。

尽管心里想不通，但从小就受妈妈人生态度熏陶的石诚还是尽力而为地开展招商引资工作：不管别人怎么对我，我该干什么就干什么。穆副市长说得不错，外经贸工作曾经是他的强项，对此他还是满怀信心的。不过，根据现在通行的社会交际潜规则，他又有点忧虑，那是他的短板。思虑再三，他请求组织安排一位强有力的招商局长作为自己的招商搭档，他们一道再赴沿海发达地区招商，他也借此机会休整一下。与此同时，他们还学习外地开发区成功做法，通过政策激励开展全员招商。

功夫不负有心人。很快，他们在开发区一位员工亲戚的引荐下，与上海的一位台资企业负责人接洽上了。该企业这几年业务发展很快，拟到外地投资扩建工厂。经过多轮洽谈，该企业同意到半山湖开发区投资二十亿元以上设厂。在讨论决定对台商的招商政策和承诺条件会上，穆副市长和市直相关部门负责人及开发区党工委委员悉数到场。晚餐席上，石诚旧病复发，在不知由谁挑起的桃色新闻话题上，慷慨激昂地讲起沿海颓废败坏的风气，飙出与全场热烈气氛不协调的音符，顿时全场笑声全无。幸好穆副市长及时转移了话题，才避免了场面的尴尬。多年后，直到亦满提醒他应该入乡随俗，他才知道当年的这个有感而发是多么的不合时宜，甚至是一个愚蠢至极的行为！"我果不贪，又何必标一廉名，以来贪夫之侧目！"他说，《菜根谭》中古人的话至今言犹在耳。

一个全市最大的外资项目落户，这对开发区乃至半山湖市来说，都是一个重大的利好消息。消息很快传到殷市长那里，市政府要求开发区尽快汇报详情。事情到了这一步，石诚牢记笑天的忠告：临门一脚要让领导去踢！于是他以项目重大需主要领导亲自挂帅为由，将最后定夺权交给了穆副市长。没想到，不知何故，领导把进门球踢出界了。

恰好是周末，殷市长如约来到开发区。刚一落定，市长就看着石诚开门见山地说："石副主任，你们说把上海的一个大项目招商到半山湖，在全市闹的动静很大，怎么我刚才听穆市长说，这压根就是一个乌龙？"若愚市长批评下级从来不给情面。

"这……"石诚不明就里地看着穆副市长。

"我们石主任是个厚道人，人家可能就是说说而已，你们招商心切就当真的了。啊？是吧，石主任？"穆副市长说着，脸上露出一副老牛护犊般的笑容。随即，他又转向若愚市长说："殷市长，您忙了一周，我们来点轻松的话题，休闲休闲。"

说着，穆副市长绘声绘色地讲了最近省直某厅级干部因为离奇的桃色新闻被"双规"，他的对手如何到处借此搞臭他，没想到自己很快也因同样的错误"进去"了等。

若愚市长没等穆副市长说完就把刚才欲说未说的话以调侃的方式说出来。这位对文史有点研究的官员瞄了石诚一眼，就着这个话题，说道："自古同病多相怜，哪有马谡笑赵括？"

穆副市长第一个竖起拇指说："精辟，精辟！"大家都说好！唯有石诚感到非常尴尬：市长怎么突然提到马谡和赵括？难道是在暗讽自己，纸上谈兵可以，实战却不堪一击？唉，在场高官满座，一肚子苦水向谁诉说？！

一曲理想主义的悲歌

领导对自己如此的态度，让石诚的人生又坠入到无底的深渊，内心承受着烈火烹油般的煎熬。虽然他早已没有了政治上"进步"的希冀，只求有一个安心工作的环境，但现在看来，连这个职场最基本的要求都成了奢望。他真的想大哭一场，为什么想干点事这么难？为什么自己活得这么苦？是命运不公吗？还是自己选择错误或处置不当？他苦苦地思索着。这时，他想到不知是哪一任美国总统说过的一句名言："任何时候都不要抱怨自己怀才不遇，在这个世界上，哪个地方没有冤死的鬼?!"进一步地，他想到了美国石油大王洛克菲勒身处逆境时的心态：我们不能左右风的方向，但我们可以调整风帆——选择我们的态度。于是，他决定调整自己的心态，从如何适应现有的环境入手来改变自己的处境。

他首先想到了自己是个外来户，首要的问题是融入当地的文化。然而，怎样才能做到入乡随俗，"乡下狮子乡下舞"呢？他想到，同样是外来户，新来的市委书记温文尔雅、气度不凡，但半山湖的官场却并没有因为他思想解放、理念先进、眼界高远而高看他一眼，他也日渐变成孤家寡人，或者说，他从来就没有像别的一把手一样被官员们众星捧月过！相反，市长也是外地交流来的干部，他却在半山湖官场如鱼得水，游刃有余。石诚刚到半山湖时，看到他经常上穿西装打领带，下着休闲裤加布鞋或旅游鞋，认为他是一个实实在在的"老土"。后来才发现这样穿着的妙用：开会时坐在主席台上，穿西装打领带，他毫不逊色！而在办公室，西装领带加布鞋则既有派头，又能与那些文化不高者拉近距离；至于下基层，则旅游鞋更能与工农群众打成一片。这副派头，话讲得文雅一点不会被人嘲笑为附庸风雅，毕竟他也是堂堂的大学生，现在堂堂的地级市的市长，能配得上这副行头和谈吐！行为粗鲁一点也不会让人反感，或者说，即使反感你又能怎样？看看这副行头，我就是这样的人！

石诚还发现：半山湖的官场还就吃这一套！市长尽管只是一个市的二把手，但他一出现在公众场合就是前呼后拥，身边从来不乏唯唯诺诺者和溜须拍马之人。须知，这些可大都是县处级以上干部或者是想进入这个队伍的佼佼者啊。私下场合，几乎所有在场的政府官员，都在千方百计向市长表忠心，并暗喻对手不听话。想到这，石诚这才恍然大悟：市长才真正是一个大智若愚的高人，他把乡下狮子舞到了出神入化的地步！

这不细想还好，越往深处想，他越觉得自己根本就不是在官场上混的料！西方政商界精英必修书《奋力向前》援引马修斯博士的话说："没有其他任何缘由，也许在你一生中，选取了一项错误职业的结果就是你将遭遇连续不断的失败。"想通了这些，他如释重负，却又怅然若失。由此，他萌生了改换赛道，远离这让他无所适从的官场的念头。

石诚招商归来还未进家门，就接到憨子带着哭腔的电话："石伯伯，我爸走了！"

"啊?! 什么走了?! 你再说一遍！"石诚惊讶得张大嘴巴。

"我爸今天早上去世了！"憨子抽泣着重复说。

稍一定神，石诚问道："怎么突然走了？"

"是得肺癌走的。"

"肺癌？那也不是一天两天，你们为什么不早跟我说？"石诚情绪失控，大声吼着，两行眼泪夺眶而出——那个可以和他掏心掏肺说话的好兄弟永远地离他而去了！

这时，电话那头传来憨子妈妈的声音："石大哥，那天你搬家，年生正在医院复查身体，正式确诊为肺癌晚期。本来准备和你说，但年生说，你工作忙，尽量不要打扰你，想等到实在撑不下去时再跟你说。你生病时，他已经下不了床了。年生为这事老是责怪自己的身体不争气。临走前，年生想见你一面。他说，他是个孤儿，在这个世界上就你这么一个大哥了。哪知道你又出差在外，他连一声招呼都没打就走了。唉，好遗憾啊！"

"你们为什么不在电话上讲清楚？如果知道是这样，就是在地球的那一边，我也要飞回来！"

"年生硬撑着，想等你回来再说。哪知道今早就这么突然地走了！"

后悔、自责，一刻也不放过石诚。放下行李后他即刻驱车赶往滨江。一路上，他任由眼泪肆意流淌，擦了干，湿了擦，似乎只有这样，他心里才好受些。车到滨江，已是傍晚，残阳如血。石诚远远就见年生家门口憨子蹲在一盆烧着的火纸前不断地往上面添加纸钱，一缕青烟袅袅升起，然后悄无声息地消失在渐渐暗下去的天空。

门外，哀乐低悬。见过礼后，石诚哽咽着走进一楼年生家客厅临时设立的灵堂。只见年生遗像两边贴着不算工整的几个大字："门后空留教子棍，堂前再无训儿声"，横批："舐犊情深"。憨子在父亲遗像前长跪不起。看到憨子不停地抽缩着身体却没有哭出声来，石诚担心他出事，就把憨子扶起来说："孩子，想哭就哭吧，不要憋坏身体。"

"我爸不喜欢看到我哭哭啼啼，从小就这样。我要让他放心的走。"憨子满眼含泪地说。看到这些，石诚略觉宽心：可怜天下父母心，儿女几人泪沾巾？年生，你可以安息了！

看着墙上年生对着自己微笑的遗像，石诚连连鞠躬：年生，请接受大哥一拜！

悲痛之余，他扭头问站在一旁的憨子："你爸动手术了吗？"

"没有。"

"为什么不动手术？肺癌的手术后生存率还是很高的。"

"我爸坚决不同意。他说我们家欠债已经很多了，再借钱怕我上不了学。"说着，憨了眼泪再也控制不住的滚落下来。

这时憨子妈接过说："不知道是不想让我们再花钱，还是看到憨子这样天天晚上陪着他影响学习，昨天天亮前在我和憨子都打瞌睡迷迷糊糊时，他拔掉了氧气管……"说这话时，憨子妈不自觉地用纸巾擦着眼睛。

"你别说了！"石诚掏出纸巾半捂着不断抽泣的脸疾步离

开灵堂。他走到门外燃着的火盆前蹲下，替代憨子一张一张地往火盆上添加火纸，任由眼泪肆意流淌。他以这种方式寄托对好兄弟的哀思，心中默默地祈祷亲爱的年生兄弟"一路走好"！千叮咛万嘱咐，送他一程又一程。这时憨子出来拿出年生给石诚的信："爸爸说，你哪天有空到他的坟头再打开，他有话要单独对你说。"

石诚用颤抖的手接过信，随口安慰这对孤儿寡母几句就快步离开了年生家。上车后，他就强忍悲痛打电话给亦满，拜托他主持操办年生的后事。

晕晕乎乎地过了一周，石诚即来到年生刚落葬的墓前。摆好鲜花，他就急急地打开信封，从中抽出一张皱巴巴的信纸，好像是从憨子作业本或是年生小店记账本上撕下的纸上歪歪斜斜地写着几行不工整的字：

"哥：请允许我第一次也是今生最后一次发自内心的这样叫你一声吧。当你看到这封信时，我早已不在人世了。原谅我的不词（辞）而别。走前我有太多的话想对你说。千言万语，归结成一句话，就是再对你说一声'谢谢'！这些年，你为憨子的学习操了很多心。我没有文化，也帮不了你什么忙。我走后，如果你有什么跑腿的事，尽管吩咐憨子去做，就当这个世界上还有个我。这些我都和他说过了。永别了，亲爱的哥哥！愚弟：年生"

一阵撕心裂肺，石诚的眼泪止不住地往下流："年生啊，我的好兄弟！你为什么不和哥见一面再走！哥也有很多话要对你说，特别想对你说一声：'对不起，兄弟！'"

这时，他脑海里全是年生对着他憨笑的画面：每当他因为一点小事责怪他时，年生都憨笑着对着他说："是，是，是""我哪有你那个水平啊，诚哥！""嘿，嘿，嘿，谢谢你指出来！"他对他的这位所谓领导的兄长来说，就是一个卑微的存在：不仅言听计从，而且随叫随到。他有什么私事需要帮忙，不知道是以领导的身份，还是以兄长的身份，第一个拨通电话的就是他，而他一个电话就来了，从不误事。如果接电话时，他离得比较远，这个平时一瓶矿泉水都舍不得喝的人，却毫不犹豫地十元、二十元的打车赶来，常常是气喘吁吁地跑步到来。他遇到不顺心的事想找人诉诉苦时，第一个想到的就是他，因为他不怕他这位兄弟看不起他，更用不担心他会出卖他。而他每当此时，总是无作息时间地陪他散步聊天。他从来没有问过他有没有时间？方便不方便？家中有没有事？而他也从来没有说过家中有事走不开。

他们的兄弟情深还是缘于多年前年生给石诚一个不起眼的小麻烦开始的。那时，城市道路拓宽改造，年生所在的企业正大门被封堵，被迫改向，使工人上下班要绕不少的路，极不方便。那时石诚已到市政府工作，年生就自告奋勇地去政府反映情况。石诚了解到他们的企业地处郊区，暂时人流量和车流量都不大，规划有点超前，是否可以暂时不封。在向市领导汇报后，政府领导也同意这个安排，但要交通部门设置安全标识。这件事对于石诚来说，不过是举手之劳，但对王年生来说，可是件了不得的大事、好事！一来，方便了全厂职工；二来，他年生大大长了面子。为这事，厂领导还不止一次地表扬他！这份情他一直记在心里。

这些年来，他这个兄弟没有什么麻烦事必须有求于他，他是在还情。他的一个举手之劳，他却还情直到去世。中华民族的传统美德"滴水之恩，涌泉相报"在他这位逝去的兄弟身上得到了令人心痛的诠释。

更令他心痛的是他没有当面听到他这位高高在上的兄长对他的忏悔。

那要从半年前石诚又要搬家的事说起。他照例打电话让他这个兄弟来帮忙。而他这位兄弟却一反常态在电话那头吞吞吐吐地说："下午来行不行？"哪有下午搬家的？！已经习惯于他的随叫随到，石诚立马感到不快，随即挂断了电话。他想，当今这个社会，人走茶凉，连多年的朋友加兄弟都可能是看他不再能帮上什么忙而疏远他。强烈的自尊心让石诚此后很长时间都不与他联系，即使有事也没有再找他。他来电话，石诚都敷衍几句就以"有事在忙"为由挂断电话。直到他又打电话来卑微地求他帮助做做憨子思想工作时，他们才又恢复联系。然而，没过多久，石诚生病，年生得知后自己没来，只派憨子买点礼品来。这跟孔子见阳货有什么区别？！他们的关系复又降到了冰点。直到年生去世，他们再也没有见过面。如果不是吊唁那天，憨子妈告诉他，年生半年前在医院查出肺癌晚期，他可能永远不会原谅他！

原来他对他的误解那么深！现在他不能原谅的是自己：我是罪人啊，"升米恩，斗米仇"怎么会在我身上重演？我怎么也会犯这样的错误。把笑脸送给别人，把负面情绪留给自己的挚爱亲朋？！年生啊，哥不是求你原谅。哥只是想对你说，哥在这个世上也就你这么一个兄弟。哥没有把你当外人才这么说话口不择言啊。我的好兄弟，就让为兄最后一次责怪你吧："你有难处为什么不说出来啊？你是在叫哥哥当一辈子罪人啊！如果你还活着，我一定不要你活成这个样子！我一定不要你对自己的至亲好友像对外人一样，受到误解或冤枉对待时要及时说出你的感受！这样自己好受些，也避免对方一错再错！"

唉！都说来日方长，哪知世事无常啊！人世间，最残忍的莫过于你突然懂得了如何去爱，可他或她却已消失在人间！最痛苦的莫过于你突然了解了事实真相，而你能做的只是追悔莫及！

"年生啊，年生啊，如果有来生，我们还做兄弟，让哥偿还你一辈子！"说着，他站起来，俯身伸手抚摸着冰冷的墓碑，犹如当年手搭在年生的肩膀上，"兄弟，我还会再来看你的！你安息吧！"

不知是不是他在这寂静的墓地突然起身，惊吓了对面山坡小树上的无名小鸟，鸟儿扑腾扑腾着翅膀飞向远方。

离开公墓前，石诚不由自主地驻足回望年生兄弟长眠的那一片碑林，其中不乏昔日的领导和同事精致华美的墓碑。他们中有的生前斗得不可开交，而死后却又毗邻而居，相对无言，仿佛只有死亡才能使他们和解。而他的这位兄弟一辈子与世无争，却在他心中竖起高高的丰碑。正像一句诗所说的：有的人死了，但他还活着。石诚在心中默默地说：兄弟，你不会寂寞的，只要哥还能走动，每年都会来和你谈谈心，哥的心事只有对你说。说着，他红着眼睛离开了公墓。

得知昔日的文友最近心情不太好，滨江的江水村一行三人在国庆节长假期间来看望石诚。有朋自远方来，不亦乐乎。石诚约上单位的才子才女洪峰、吴莹等乘坐一辆商务车一同前往古称"西黄山"的皖南牯牛降景区参观游览。车上在闲叙过滨江市相关人和事后，有意想活跃气氛的吴莹找出话题："最近上海的一家报刊上登出了一副楹联，上联'上海自来水来自海上'，如有对出下联者奖励万元。"众皆沉默。这是一个从左到右或从右到左读都一样的回文句。"要不要提示一下？"见大家没有反应，吴莹说："有人对出了这样的下联：'黄山落叶松叶落山黄'。"

看着窗外两侧山峦红叶点点，水村默念："叶落山黄"……"秋水长天"！这个籍贯安徽省滁州市的皖东人立刻想到了家乡天长市，几乎是脱口而出："天长红枫树枫红长天！"众皆叹服："江南才子"果然名不虚传！不无自得的水村含笑望着石诚，期待着老友的夸赞。

"我也来凑个热闹。"与水村同来的黄江北出了一副上联，"穷，要穷得如茶，苦中一缕清香。"这时车已进入深山，抬头已依稀可见云雾缭绕中的牯牛降这个皖南第三高峰的轮廓。石诚忽得灵感："活，要活得像山，雾里万千气象！"

"对得好，对得好！不仅对仗工整，而且意境高远。"没有得到老友夸赞的水村反倒先给石诚点赞。

轻松愉快的旅途总是嫌短。不知不觉间，车到景区门口。抬眼望去，这个以森林生态系统为主的国家级综合性自然保护区，古木参天，人迹罕至，保存着较为完整的天然森林植被。有山必有水。景区入口左边即是龙门峡，两山对峙，惊涛拍岸，声如雷鸣。河谷中巨石翻滚蜿蜒千米，下游有三块巨石隔水相立，人称"三隐笑谈石"。相传古代有不少读书人看不惯人间冷暖和江湖的险恶，不愿随波逐流，于是寄情于山水。其中就有三位隐士经常分坐在这三块巨石之上，闹中取静，"笑谈古今事，煮酒论英雄"，三隐石因此得名。景区右边不远处依稀可见的四叠瀑终年水流不断，丰水季节更是飞流直下，喷珠溅玉，直泻深潭。举目望去，山青水绿，枫红菊黄，美不胜收。

他们沿着山溪边的小路一步三回顾地向四叠瀑走去。沿路树影婆娑，溪水潺潺。不一会儿就到了古风依存的严家村。

严家古村掩映在冲天而立的绿树丛中，斑驳的徽派老屋墙壁上长满绿色尚未褪去的藤蔓，屋檐下的石板上苔藓随处可见。"这里居住着东汉著名隐士严子陵的后裔……"导游指着严家祠堂摆放的众多画像或照片介绍道。她边引导他们参观边介绍说，严子陵与东汉光武帝刘秀是同窗好友，刘秀即位后即请严子陵入朝为官，被严子陵婉拒。严子陵生性淡泊，不屑于做官，甘于躬耕自食，终老田间，给后世留下了一个万古不朽的清名。令人肃然起敬的是，在近代革命斗争史上，严氏的后裔们采取了一种积极的"入世"态度，先后有七名热血男儿为着民族的解放和新中国的建立，献出了自己宝贵的生命。严家古村也因此成了远近闻名的"英雄村"。"出世"与"入世"在这里得到完美的统一。

出了严家村，拾级而上。环顾左右，那一片一片的枫林娇红似火，一树一树的桂花芬芳四溢。抬眼西看，四叠瀑，这个牯牛降的招牌景点果然是别有洞天：百米危崖下的飞瀑如硕大的白练直挂崖壁，虽没有诗仙笔下"飞流直下三千尺"的雄浑壮观，倒也有九华灵山"天河挂绿水"的秀美景致。特别是瀑布水流冲击拍打石崖时，水分子在雾化的过程中释放出大量的负氧离子在古木如盖的深谷中弥漫，形成了一个"天然大氧吧"。走近瀑布常年冲击形成的深潭，顿觉清凉通透。

"哇，真惬意！"呼吸着温润带甜的空气，水村那边来的女孩刘心语惊叫道，"空气都是甜的！居住在这里的人真幸福啊。"

石诚笑着说："南北朝诗人陶弘景有诗'山中何所有，岭上多白云。只可自怡悦，不堪持赠君'。只可惜，这么美好的东西大家只能就地享用，我不能持手相赠！"

"好啊！这是无价之宝，我们笑纳！"水村说着，双手抱拳，向石诚行礼答谢，"客尊主便。今天，我们就在这里尽情地享受一下这大自然的馈赠。石兄给我们找了这么一个好环境，看谁出个什么节目，可别辜负了石兄的一番美意啊。"说着，就近身边的凉亭坐下。

大家各自落座后，石诚说："景由心生。今天大家兴致很高，难得这么多高手云集。首先是我，不能错过这个求教的机会！我们能不能讨论一个'诗和远方'的话题？这个问题在我心中郁结了很久。就是'我们究竟应该怎样度过这个风光无限而又劫难重重的一生'？是像刚才大家看到的'三隐书生'大隐隐于世，还是如保尔·柯察金，'把全部的生命奉献给壮丽的共产主义事业？'"

"前辈，是不是还有一种人生，就是当今流行的'善待自己，不害他人'精致地活着？"未等水村等回答，刘心语首先来了个补充式的发问，就此打开了话题。发现大家都在看着她，她说完吐个舌头做了个鬼脸。

"精致地活着？"大家不由地想到了北大教授钱理群先生提出的如今象牙塔里培养出来的"精致的利己主义者"的观点。水村说："精致的利己主义者所谓的'精致地活着'，主要就是追求自己个人的幸福，本质上还是自私的。"语惊四座！大家不约而同地注视着水村。

"这个观点进一步还可以追溯到二十世纪八十年代中期，一个署名'潘晓'的青年给《中国青年》杂志写了一封信，提出了'主观为自己，客观为他人'的观点，引起了长达半年多的全国大讨论，这实际上是在当时的中国社会为自私合理化打开了一扇窗。"黄江北不失时机地跟大家分享了他的体会。

水村接着说："'主观为自己，客观为他人'实际上是个伪命题！因为，在这个世界上，没有人能仅靠自己完成生活中的任何事情。尤其是在现代社会，人是社会人，不仅父母养育我们，社会还为我们提供教育、医疗、文化、卫生等公共服务，我们就有赡养父母、为社会服务的责任和义务。比如说，要工作，要结婚生子、培育下一代等。因此，我们不能仅仅为自己活着。"果然不同凡响！洪峰等感到话题深奥插不上嘴，都把眼睛看向石诚。

这正是石诚近来所集中思考的问题。于是他徐徐说来："即使从追求个人幸福的角度想，这个观点也是值得商榷的。一百五十多年前，美国著名作家《瓦尔登湖》的作者梭罗就已看到，当现代文明随工业革命展开的时候，人即被'异化'。他认为，现代人的主要问题是他们的欲望，即追求主要是由物质财富构成的幸福的欲望。这种物欲奴役了现代社会的大多数人。他们'多数人仅仅因为无知和错误为那些人为的忧患瞎操心，为生活困苦没完没了地劳作，却不能采集到更鲜美的果实'。这就涉及人生的意义问题，即人为什么而活？应该追求什么？那种以追求个人幸福为目标的人，就难免'人为物累'，失去很多采集更鲜美的生命果实的机会，当然也就得不到真正的幸福。有位名人说'活着就是为了活着本身，而没有其他意义'，我对此说法不以为然。"

"如果说人仅为'活着'而活着，那和动物有什么区别？苏格拉底说过，未经思考的人生是不值得一过的。释迦牟尼也说过类似的话：'不知正确的教法而活百年，不如听闻正确的教法而活一日。'哲学和宗教发出的这一共同的声音，值得每一位被欲念和烦恼所困的人倾听。尤其是在当下这个物质社会，太需要有仰望星空的人了。从网上看，你们年轻人对这些讨论也很感兴趣。小洪，你是怎么看的？"石诚笑着看向洪峰。

"在前辈面前，不敢班门弄斧。借用歌德的话，'未曾哭过长夜的人，不足以语人生'，我今天主要是洗耳恭听。"洪峰谦逊地说道。

"其实，关于人生的意义或者说人生的最高境界，古今中外的很多哲人大儒都有过精辟的论述。最典型的是国学大师王国维人生三重境界之说。"石诚不再勉强年轻人，径直说下去。

吴莹笑着说："领导，哪'三重境界'？愿闻其详。"黄江北接过话来说："是不是'昨夜西风凋碧树，独上高楼，望尽天涯路'为第一重境界；'衣带渐宽终不悔，为伊消得人憔悴'为第二重境界；'众里寻他千百度，蓦然回首，那人却在灯火阑珊处'为第三重境界？"

"对！王国维这人生三重境界主要是对欲成就大学问、大事业者而言。第一步，确定人生的理想和目标；第二步，为了心中的目标无怨无悔地奋斗；第三步，踏破铁鞋无觅处，得来全不费工夫。水到渠成，修成正果，享受奋斗的乐趣和幸福。"水村点点头说。

石诚也频频点头："不过，我今天要讲的人生三重境界，更多的则是侧重于现在大家讨论比较多的追求幸福和人活着的意义方面。"

于是，他在大家期待的目光中，与同人们分享了他最近悟道人生的心得，期望能引起共鸣。他认为追寻生命意义的人生境界也可以分为三重，其高尚程度层层跃升：

第一重境界：追求个人幸福，满足自身的欲望和需求。这难免有自私的表现。比如说，有的人，为了追求自己的幸福，只顾自己，不顾他人。更有甚者，却以危害或侵犯他人的利益为代价。这也解释了底层多薄情的社会现象。

第二重境界：富有责任感，为爱有担当。上对父母尽孝，下对子女尽责，对得起自己的薪资和岗位职责。特别是当一个人意识到他是无可取代之时，他就会意识到自己在这个世界上所背负的责任，他就会将这份责任发扬光大。比如说，父母对孩子，孩子对父母的责任和义务都是独一无二的。凡是意识到这种责任的人，他就永远不会放弃自己的生命。无论怎样艰难，他都会负重前行。所以说，中层多深情。

第三重境界：肩负使命，为大多数人的幸福或为信仰而献身。当一个人意识到了他需要完成的未竟事业，小到为一个地区、大到为一个国家，直至为全人类谋福利，他就已经知道了自己生存的意义，他就有一种强烈的使命感，坦然面对前方的任何挑战。如那些壮怀激烈的为拯救黎民百姓于水火的人生信仰而献身的无数志士仁人和钱学森、邓稼先、于敏、袁隆平等把终生献给祖国的老科学家们。他们将个人命运与国家和民族的命运连为一体，舍小家为大家，牺牲个人的幸福，为了普罗大众，为了"为人民服务"的信仰。这是生命的最高境界："无我"。这也解释了上层多忘情的伟大情怀。

一席话，说得大家茅塞顿开。

"说得太好了！"大约是和自己最近的感悟有共鸣，吴莹兴奋地说："我最近在看有关拿破仑的传记，拿破仑为了肩负的使命，主动跃入痛苦与艰难，并为克服它们而感到欣喜。正像那位作家说的，'人类一旦燃起这种向死而生的英雄精神，就已超越了人类自己。'这让我想到了长征时那么艰难，老一辈革命家还那么豁达乐观。各位领导、师长和小妹，不知我这联想得对不对？"

"联想得好哇！"石诚由衷的感慨道，"这些大英雄，他们超越了我们一般人，是一个个大写的'人'。正是因为有这些大英雄的存在，人类历史的天空才会星光灿烂，让我们无限向往。你能说，他们的存在只是为了自己活着，而没有其他意义吗？"

"问得好！问得好哇。"水村感慨道，"你这一问，可以，不，是应该如二十世纪八十年代潘晓之论一样上升到举国层面讨论。"

刘心语感到今天的收获特别大。不过，她还对自己开始时提出的命题不甘舍弃："前辈，冒昧问一句：难道追求个人的幸福有什么错吗？"

黄江北接过话来着说："不是什么错。追求个人幸福是每个人的权利。关键是看你用什么方式或途径去争取个人幸福。比如说，你自己挣钱自己花，这没什么错。但如果你用不正当的手段去敛财、揽财，不就侵犯他人利益了吗？有的孩子或成人，因为自己活得不幸福，就走极端，自己解脱了，却给生养他的父母或他生养的孩子带来无尽的伤痛，这从某种意义上说不是自私的表现吗？因为大多数自绝于世者都没有履行完自己应尽的责任和义务。"

"黄老师，"吴莹插话说，"冒昧地问一句，对于中小学生来说是不是也有例外？"

看到黄江北有点尴尬的脸色，石诚转变了话题："刚才江北关于追求个人幸福的理解，就普遍而言还是有道理的，当然，中小学生可能认知能力、承受能力还没达到这个水平，这个可以另当别论。"

"我理解，"石诚笑着说出最近的学习悟道，"这个追求个人幸福的问题其实涉及东西方文化和哲学的冲突问题。西方海洋贸易和游牧文化崇尚个人主义，追求个人存在的意义，突出强调个人的权利和自由。东方，主要是我们中国的农耕文明崇尚集体主义，追求人的社会价值，比较重视人的责任和义务，比如说'国家兴亡，匹夫有责''先天下之忧而忧，后天下之乐而乐''自古忠孝难两全'等。现在的年轻人受西方文化影响比较大，加之大多数独生子女从小就养成了以自我为中心的习惯，因此，比较强调追求个人幸福。如，前一段时间在年轻人中间比较流行的人生理念：'我的青春我做主''世界是自己的，和他人没有关系'等。这种个人追求与社会认同就造成了冲突：中国传统文化信奉'身体发肤，受之父母'，即自己的行为要考虑到父母家人的感受。这种冲突造成很多年轻人的焦虑和困惑。"

"的确如此！"黄江北插话道，"我们在座的可能都熟知的很多功成名就的人士，曾经都风光一时，但后来却都人设崩塌，就是他们在追求'小我'时是成功的，但在'大我'面前却迷失了方向，最后被社会唾弃，活成了一个笑话。"

"不幸的是，在'只要幸福就好'的心灵鸡汤影响下，每一个'奶头乐''啃老'和不婚不育者背后都有父母的焦虑和眼泪。"石诚补充说道。

水村瞪大眼睛听着昔日好友的新论，并对此表示深深的赞同。他说："石兄讲得真好！我接着你的话说，更有甚者为了'两情相悦'，就舍弃自己家庭或破坏他人家庭，把自己的幸福建立在别人的痛苦之上。事实上，满足自己的欲望和需求，也就是追求个体的幸福是人和动物共通的本能。我理解，人和动物最大的区别是不是主要还在于石兄所说的后两重境界？"

"对！正是如此。有一个故事可以很好地诠释我要表达的意思：就是农夫与富翁沙滩晒太阳的故事。在座的各位，可能有人会想：这是一个老掉牙的故事……"

水村看到石诚此时眼睛正看着他，不等石诚讲完，就插话说："没错！难不成老兄还能搞个'老瓶装新酒'，来个新编《农夫与富翁的故事》？"

"不是新编，是新解。"

"好，我们洗耳恭听！"水村笑道。

石诚缓缓地说："人们大多认为，农夫和富翁到头来都是一样的结局——沙滩晒太阳，从而罔顾或否定了奋斗与探索的意义。其实不然……"众人都对这个老故事新解充满着好奇与期待。

"那农夫可能终其一生都在田间劳作，日出而作，日落而息，留给后人的可能不仅仅是物质上的'贫穷'。而那富翁可能周游世界，历经沧桑，留给世人的可能也不仅仅是物质财富。因此，他们此时对悠闲的感受是不一样的。"

"所以我认为，人应该这样活着：'善待自己，有利他人'。当我们回首往事的时候，没有因自私或贪婪而亏欠他人；当我们审视人生的时候，会为奋斗过、奉献过而欣慰；当我们即将告别这个世界的时候，不因两手空空而遗憾。因为，经过思考和探索的人生至少可以为后代留下一笔宝贵的精神财富。这时，我们就可以说：'我没有白来这个世界一趟！'能做到如此，我们的内心就会宁静而充盈，幸福就会不期而至。"

刘心语、吴莹等心悦诚服地鼓起掌来："听君一席话，胜读十年书！"

　　大家意犹未尽，水村总结说："石兄今天想要表达的意思是不是：做人的最高境界是在帮助别人、奉献社会后成就自己？"

　　"对！我很赞成西方一位哲人观点：'真正快乐的人，必然是那些懂得奉献的人。'这与中国'赠人玫瑰，手有余香''独乐乐不如众乐乐'的老话有共通之处。"石诚赞许地点点头，"一位外国学者把这种快乐称之为'喜乐'，即在感官的快乐之上又添加了一重心灵的愉悦。我理解快乐的最高境界是身心俱喜。为什么现在有追求的年轻人衣食无忧，却感到不幸福甚至很痛苦？依我看，除了房价高、婚育成本高等物质因素外，就是他们追求个人存在的意义不被崇尚集体主义的社会主流价值观认可所形成的焦虑。所以，在中国，大多数以自我为中心的人都是世界上最寂寞最痛苦的人。"

　　"深奥啊，深奥！"黄江北调侃道。

　　吴莹、刘心语等更是佩服不已。不过，她们还是不愿放弃这次难得的求教机会。"前辈，您的一席话让我们眼界大开。您对我们年轻人如何过好这一生有什么好的建议吗？"刘心语面向石诚闪烁着不乏顽皮的笑眼问道。

　　"呵呵，这是一个宏大的话题，一代人有一代人的使命。就我们刚才讨论的话题来说，在全球化不可逆转的大势下，我建议你们年轻人应该努力在东西方文化冲突中寻找一个平衡点，那就是，通过追求实现人的社会价值，即学会付出和奉献来体现个人人生的意义。挪威有句箴言：'把你自己全身心地奉献给你的同胞，他们将会很快给你足够的回报。'当然，也要通过全体年轻一代的努力来影响国家层面的政策导向，为年轻人创造一个公平竞争的环境，这也很重要。"石诚笑着说。

"谢啦，领导！"刘心语望着石诚和水村做了一个立正的姿势，郑重地说，"我们一定会努力，争取不辱使命！"大家哈哈大笑。

一群意气相投的人在这个远离尘世喧嚣的地方，就这么无拘无束、一吐为快地聊着、聊着。大家都珍惜这难得的时光，连中餐也是就着司机买来的快餐打发的。他们有时扼腕叹息，有时喜笑颜开。不知不觉间已然黄昏，天空呈现最后一抹霞光，不舍西坠的太阳绽放出绚烂的光芒。沐浴着这落日的余晖，石诚感到浑身通透。大家依依惜别，相约来年再聚。

> > >

第三部　守　望

> > >

阿呆饶有兴趣地听着石师傅讲述他们当年的故事，特别对那场人生意义的讨论有醍醐灌顶的感觉。

"石师傅，你们这一代人真是太不容易了！尤其是，遇到那么多事还能笑对人生！近年来，我们这些年轻人在经历了物质盛宴的狂欢后，很多人都感到空虚和迷茫。有人说是我们的身体走得太快，渐渐落下了自己的灵魂。不少人还因此发出了'生命的意义究竟何在'的灵魂拷问。您看，今天我这不是'踏破铁鞋无觅处，得来全不费工夫'吗？"

对于阿呆的理解和懂得，石诚感到很欣慰。他笑笑说："不过，这说起来容易做起来难啦！中国有句古话：人生在世，不如意之事十之八九。尤其是在精致利己、人情淡漠的物质社会，越来越难以安放漂泊的灵魂。"

"是的。最近很火的日本著名作家村上春树说过：人生若没有一个个小确幸，将是一片荒漠。他要人们通过每日每时的'小确幸'去寻找和享受人生的幸福。对此，您怎么看？"阿呆试探地问道。

"要我说，就像钱钟书先生所说的'如果不读书，行万里路，也只是个邮差'一样，没有梦想、没有追求、没有情怀的人生，即使偶遇甘露，也难免心灵的荒芜。外在给予的'小确幸'往往犹如昙花一现，即使次第开放也难敌漫漫长夜。只有心底流淌的河平静盎然，生命才会充满生机。"

阿呆惊讶地看着石师傅，频频点头："您说得太好了！心中若有桃花源，处处都是水云涧！"

"很好！"石诚频频点头，"志存高远，才能够直面人生。有志向、有情怀的人生，一定是有意义的人生。期盼你们这些'早晨八九点钟的太阳'朝气蓬勃，勇于挑战前行路上一个个艰难险阻，然后享受一个个'王者归来'的'小确幸'，活出不一样的人生，为这个世界多添一份精彩。也希望你们能够善待人生，悲悯社会，于暗淡之中点亮光明，为这个世界多加一分温暖，让更多的人得到温柔以待。"

兴奋和欣慰之余，他向阿呆波澜不惊地讲述了自己后半辈子的心灵探索之旅和看惯了世间百态、遍尝了人生百味后始终不改初心、在薄情的世界深情地活着的心路历程。

心事莫将和泪说

　　明白了人生的意义后，石诚越加信奉德国哲学家尼采的那句话：每一个不曾起舞的清晨都是对生命的辜负。他要趁自己还能干的时候，再为社会做一点有益的事。体制内找不到北，就到体制外去闯一闯，试一试——自创平台办公司！多年来，他对经营企业情有独钟，尤其能对自己感兴趣的事从无到有做成事业充满好奇与向往。"你要知道梨子的滋味，就得亲口尝一尝"。对，说干就干！他向单位提出辞呈得到批准后，即到滨江市注册成立了一家项目咨询公司。

　　项目咨询是他在上海工作时，跟普华永道公司学来的一招。很快，在熟人的介绍下，他掘得了第一桶金十万元。正当他踌躇满志准备大干一场时，他怎么也没有想到，这辛苦得来的十万元到账不久就被两个合伙人在他出差期间挥霍一空。他对这两个合伙人的才能欣赏有加，信奉"唯才是举"的他与这两个人一拍即合办了这个公司。虽然对他们的人品不太了解，但他想，他们公司是省内第一家项目管理咨询公司，前景可期，傻瓜都不会一开始就下手。因此为了抓紧接项目，做业务，就疏于管理制度建设。

　　然而，让他久久不能释怀的，还不是首战失利，而是他怎么也想不通此前这二人都对他尊重有加，常常是"老领导"不离口，用他们的话说，就是对他这个前辈"非常崇拜"，怎么能下如此狠手，直接让好不容易才成立起来的公司一招毙命？

　　经过几个不眠之夜的反思，他终于明白了一个道理：自己从辞职离开滨江的那一刻起就已不是那个在市委市政府领导面前说话多少还有点用，手中大小还有点权力的"老领导"了，而他还在周边一片恭维声中活在昨日的荣光里。在这一切讲究实用、只重衣着不重人的物质社会，自己就像一件衣服一样，用你光鲜一次就被扔掉了，谁还在乎你是否经久耐用？被人抛弃是因为自己角色没有相应转换，定位没有及时更新。想通了这些，他开始慢慢调整自己，并且重新注册了公司，"而今迈步从头越"！

　　好像是天遂人意，新公司刚一挂牌开业，以前就与原来一公司有过接触的包工头子卫二宝来到公司办公室洽谈业务。卫总还对石总及公司的遭遇表示极大的同情和不平。为了安慰石总，卫总还三天两头约他小聚。一来二往，石诚感到这个长相富态的年轻人可做朋友。不到半年，他们就几乎到了无话不谈的地步。水到渠成，二宝适时提出了请石诚帮他找银行贷款购地办企业。石诚二话未说即慷慨应允，因为他有个同事朋友的叔叔是市一家商业银行负责人。听说是石诚的好朋友，这位同事也是两肋插刀，倾力相助。不过，这位包工头子也会做人，每次聚餐都是茅台招待，尽管石诚滴酒不沾，那位同事和行长也只是礼节性地喝几杯，但大家都感到卫总为人仗义。不出一月，同事即打电话告诉石诚，一千万的贷款已到卫总账上。

第二天，石诚即兴奋地来到卫二宝办公室。出乎意料的是，卫总没有像他那样兴奋，而是表情平淡还略带有点惊异地问道："哎呀，领导，您今天稀客呀，有事吗？"说着并未起身。本来他要先向卫总贺喜，一看他这种神情，就改口说："卫总，昨晚，同事给我打电话说贷款已如数到了你公司的账上。你看，上次说好的……"

"哎呀！你看我这个人多忘事！"卫总说着用手拍着自己年龄不大但已半谢顶的脑袋，说："我忘了跟您说，上次我看行长一直未表态，就找了宋副市长。"宋和自己关系微妙，而这些关系可都是自己亲口对二宝说的！口说无凭，自己应得的佣金泡汤也就罢了，可同事及行长的人情自己还得担着！他又吃了一个大的哑巴亏！

经领导介绍，农民企业家赖京找到了石诚公司要给他们的滨江农业生态科技公司做一个项目建议书。赖总身材高大，长着一副憨厚相，只有那双配在大头大耳脸上有点嫌小的眼睛还有点生气。石诚讲了前面的教训，开宗明义就说要签一个合同。赖总哈哈一笑，说："石总，您放心，我不会做那种昧良心的事。未做生意先签合同，这本来就是应该做的！"不到一小时，他们就谈妥了一万元的合同，而且还当场签字盖章，赖总公司的公章从来都是装在随身带的皮包里的。第二天，赖总就按合同约定预付一千元定金。一周后，赖总履约付完余款，石诚公司提交文本。一切出奇的顺利！石诚暗想，还是农民企业家淳朴，说到做到。

一个月后，赖总又找上门来，要求做一个科技农业项目的可行性研究报告。这是一个投资近亿元的项目，要报国家发展改革委员会，争取近千万元的项目扶持资金。根据滨江市相关部门工作人员介绍，发改委项目审查极其严格，委托评审的知名咨询机构约请的都是业内国家级知名专家，他们会背靠背地逐一审查文本。按照规定，石诚的公司资质不够，于是，他们决定与省某甲级咨询机构合作共同编制文本。他们约定省咨询机构的咨询费由滨江农业生态科技公司直接支付。石诚公司咨询服务费六万元另付。在对方预付定金后的当天，石诚就带着公司的两位工程技术人员进驻省城，与约请的省里专家一起，夜以继日地编制文本，终于在省发改委规定的最后期限完成文本。在省城编制文本期间，赖总的服务可谓无微不至。

正像卢梭所说的，他这一生最大的不幸就是抵御不了别人的亲切，而每当此时，受伤的总是他。赖总承诺明天银行贷款一到账就按合同约定进度付款，并连夜赶来出示了业已办妥的银行贷款凭证，虽然他明明知道有风险，可还是不好意思拒绝，犹豫再三，还是将文本直接报送省发改委。文本报送后，赖总总是以银行贷款还未到账为由一天天往后拖。不过，与卫二宝不同的是，赖总态度一直很好，丝毫没有赖账的迹象。直到文本通过国家评审静待结果时，石诚越发感到不踏实时才急迫催账。赖总这时才露出一副要钱没有要命有一条的苦相。如若追回文本，他们将一分钱也得不到，并且还会连累合作的省咨询机构；如若帮助得到国家扶持资金，则定不会违约。在国家扶持的八百多万元到账后，赖总则与石诚玩起了躲猫猫。无奈之下，他想到了打官司。可是，就这几万元钱起诉，扣除诉讼费外，真正能追到手的钱可能远远抵不上为此耽误时间的机会成本。于是，他决定不再与烂事纠缠。

正当石诚调整好心态准备做下一个项目时，审计署抽查到了滨江农业生态科技公司关于国家扶持项目资金使用情况。一天审计署宋处长约见石诚："我们从审查的资料中了解到，滨江农业生态科技公司项目申请国家扶持资金第一手材料是由你们公司提供给省咨询公司的。"

"是的。有什么问题吗？"石诚惴惴不安地问。因为上报截止时间紧迫，那天他去项目现场察看太匆忙，对赖总提供的资料也没认真核实，他心中无数。

"你知道吗？我们初步统计一下，滨江农业生态科技公司这几年从国家相关部委争取的扶持资金已远远大于他们公司的净资产。你们上报材料上附的项目施工照片实际上是去年他们争取的科技部扶持的项目。"年轻的宋处长算是给了他面子，没有把话讲重。

石诚笑着说："没有把好原始材料这一关，我们公司确实有责任。滨江公司可能是钻了国家各部委在扶持地方项目资金上互不通气的空子，这种情况在全国恐怕不是滨江公司一家。"可能宋处长也心中有数，最后只给了滨江农业生态科技公司一个限期整改的通报，而石诚公司的名字也赫然在列。石诚暗自叫苦：赔了钱财又污名！

俗话说，苍蝇不叮无缝的蛋。事后他才知道，赖京正是从卫二宝那里了解到石诚这个人常干冤大头的事才追腥而来。而他与赖京第一次见面就吐槽卫二宝，让赖京就轻而易举地对他下了套子。接二连三的打击，从石诚脸上看到的只有沮丧，再难见到笑容。昔日对他尊敬有加的熟人、朋友和合作伙伴也大都与他渐行渐远。

人往往在最艰难、有苦无处诉的时候，第一个想到的是自己的母亲。他再一次踏上了回乡之路。他要在母亲面前大哭一场：人生之难，难于上青天！他仰天长叹：山重水复，还有没有柳暗花明？！长夜漫漫，何时才能穿过这黎明前的黑暗？！母亲从他强作欢颜的脸上猜出了一二，就劝他要扛住事："和过去相比，你现在至少不愁吃，不愁穿，大不了过一个普通老百姓的生活，有什么想不开的呢？"

接着，妈妈给他讲了三年自然灾害期间的往事。石妈妈是个要强的人，是邻近三五里少数几个能拿到和犁田打坝的男人一样最高工分十分的妇女之一。那时，石诚爸爸被抽到外地兴修水利，但身材瘦小的她一人带着他们姐弟三人挖野菜，刮树皮充饥，用弱小的身躯撑起了这个家，最终艰难走出来。而村子里一户人家同样情况，母亲因熬不下去在第二年情况好转前投河自尽，留下一个和石诚一样大的孩子与奶奶相依为命。不久，奶奶病倒了，孩子因为无人照顾而病死了。"那个宝平如果不死，和你一样聪明可爱。和他相比，你能活着就是幸福！"

"是的，遇到大难，能活着就是幸福！"这时，他想到了契诃夫的那个黑色幽默："事情原来可能更糟呢。幸亏自己痛的只是一颗牙，而不是满嘴牙！"人世间，比自己更命苦的人多了去了，除了生死，其他都不是什么大事！以后，每当遇到重大挫折或生活坎坷时，他都能记得妈妈当年的鼓励："能活着就是幸福！"

石诚还记得当时自己总结接二连三被骗的教训时，还有一个深刻的感悟：当你受尽伤害，想要卸下心中的包袱时，无论对什么人；得到怎样的回应，通常都会受到伤害，甚至是更加严重的伤害。特别是，当你在别人眼里是个"失败者"时，你对任何人敞开心扉，都有可能是自取其辱。心事莫将和泪说，你能做的只是，"欲说还休，却道天凉好个秋"！

而此时，那盏为你亮着的灯，一定是你至亲至爱的父母。

总有一条路适合你走

屋漏偏逢连夜雨。在石诚还没有完全从失败的阴影中走出来时，石妈妈因对石诚操心牵挂过度而一病不起，不久即病入膏肓。石诚得到信息即日夜兼程往回赶，但还是晚了一步。跪在妈妈床前的二姐说："妈妈临终前头脑很清醒，她留在人世间的最后一句话是：'诚子到现在还是单身一个人……'不能说话时还一直不甘闭眼。我问她是不是在等你时，她流出了两行眼泪。妈妈是放心不下你啊！"犹如万箭穿心，石诚悲痛欲绝："我这一生为什么活得这么失败，连自己的至亲都照顾不了？"这个世界上最后一位可以让他毫无顾忌祖露心迹的至亲又走了，永远的离他而去了！留下他这孤独的灵魂如何安放？！"妈妈，儿有一肚子苦水向谁诉说？"石诚跪在床前看着妈妈那不甘的遗容心如刀绞："人常说，儿不嫌母丑。但我要说妈能容子愚。只有妈妈才能包容不孝儿的一切，包括他的屡战屡败！"

母亲离世后的很长一段时间，石诚的情绪都很低沉，他总是反复拷问自己：为什么我从来都没有停下奋斗的脚步，从来都没有放纵过自己，却活得这么失败？体制内做不好，公司也做不大？就这个问题，他曾经多次与笑天探讨。笑天说他太善良，还有几分天真，这是做生意的大忌。"当今社会，有人的地方就有江湖。最近网上有个桥段说，有位教授曾寄语即将毕业走向社会的大学生：要'像野猪一样勇往直前，像狐狸一样识别陷阱，像狮子一样抵挡狼群，像鹿一样谨慎小心……总之，一踏上职场，就别把自己当人！'这虽然有点调侃，但他却告诉我们，在残酷的丛林法则面前，如何保护自己免受伤害。你不能把每个人都当成你自己那样凭良心办事。"是的，善良是父母给予自己走入社会的通行证。这个在自己前半生曾经备受社会推崇的秉性现在却让他付出了惨痛的代价。他想到：当年那个相信付出就有回报的时代一去不复返了，而自己却没有与时俱进。当年那个人人赞美"口直心快"的优点如今也已成了他致命的缺点。他想到，当年他在体制内外，都毫无私心地提拔或者帮助了那么多人，有的甚至是花了力气、帮了大忙，离职后却鲜有人感谢他。公司职员也不领情，一旦找到了下家，说走就走。以前自己都一直认为这些人忘恩负义。现在看来，可能正是因为自己真心对他们好，或是恨铁不成钢，才会批评他们不注意场合，说起话来不注意分寸。由此他联想到，在官场或在江湖，古往今来，从来就不乏"老大"或恩师被自己亲手培育的亲信背叛的事例，史书上大多将其归结为背叛者觊觎前者的权力什么的。但"老大"或恩师对后者的处事方式，特别是人格尊重方面做得不当或没有顾及对方的心理承受能力也应该是原因之一。想到这，他突然顿悟：在恩怨之间，人们更多的会是只记仇（怨）而易忘恩。没有谁会为你的"刀子嘴，豆腐心"埋单！他越想越自责，越想越沮丧。

看到他如此低沉，笑天援引美国石油大王洛克菲勒的话点拨他："任何时候都不要贬低自己。你最先要做的就是找出自己的各种资产——优点。"由此他立即想到，历史上那些做出惊天伟业的伟人们在面对困境时总是能看到前途，看到光明，坚信自己能找到机会，并借此闯出一条生路。爱默生说："人生的航程就像河中的小船，无论遭受何种艰难险阻，总有一条航道属于它的。"也如中国古话说的：天无绝人之路！他决定不改初衷，再试一试。笑天说："我觉得，你至少有两大优点：一是人品好，比较靠谱。就像洛克菲勒极力推荐的《奋力向前》一书指出的那样，'你所拥有的最有价值且最不可磨灭的财富，就是你清白的赚钱记录和那没有污点的名声'；二是机关文字功底厚，可以试试为政府机关做一些文案工作，这是你的强项。"随即他又补充道，"你比较适合和守规矩的人做事。"

一听说又要和官场打交道，他又连连摇头。一朝被蛇咬，见到绳索怕。何况他已经在官场、商场都多次被蛇咬过！笑天看出了他的顾虑，说："现在铁腕反腐，机关作风明显比以前好多了，机关的政治生态也日益清新。你现在不但身体很好，而且搞文字的功力还在，仍然具备'东山再起'的条件，完全可以再试一次，哪怕是十次八次！"

见石诚还是沉默不语，笑天哈哈笑着说："你不会成为马克·吐温笔下的'热炉上的猫'吧？此一时，彼一时也。做事要审时度势，顺势而为。政治生态好，不仅是官场比以前干净，而且也表现出大家想干点事。要干事，你就有用武之地！"见石诚有点动心，笑天趁热加把火，"美国前总统尼克松说过，人生就是失败和成功交替登场的过程，他毕生都在追求那多出一次的成功。人的一生不论遭遇多少次失败，只要最后一次成功了，那他的人生就是成功的人生！""说得好哇！"石诚若有所思地说。关键的心结被解开，他又重燃干事的激情。带着征询意见，更多的是求教做生意真经的心态，石诚来到石亦满公司。

　　石亦满最近比较忙。满福矿山服务公司挂靠到半山湖市一家国有有色金属矿山企业后，他自任董事长兼总经理。此后，他抓住市里要求改善矿工生活环境的机遇，主动要求担当位于城区的矿山新村改造工程大任。此后不久，国家把土地协议出让模式改为"招、拍、挂"模式，土地价格开始飙升，房价则以接近七十度角的趋势急速上升。他跟上国家鼓励商品房建设节拍，采用预售即"卖楼花"的方式迅速将公司做大，硬是将一个临近郊区的楼盘做成了可以和地处全市黄金地段的市百货大楼商圈争雄的大型城市综合体。他自己也妥妥地当上了民营企业的大老板。随着房地产市场的持续火爆，他的人生像开了挂一样，事业风生水起，人生志得意满。公司先后添置了奔驰、宝马和悍马越野车。出门从事商务活动女秘书不离左右，只是让司机兼保镖有点低调。好在他把大舅子、小姨子都在半山湖的国企或事业单位谋个位子，老婆对他在外面"家外有家"的传言也不去追究。后来，他干脆将老婆孩子移民加拿大，一方面让孩子在国外接受更好的教育，一方面自己可以一门心思地在国内经商做事业。

事业红火后，亦满开始资助一些贫困学生上学，赢得了社会上的广泛赞誉。按照当时社会流行的评价标准，石亦满成了名副其实的"成功人士"。

不过，花无百日红。最近他生意上又面临着一个生死抉择。前一段时期，因为阿里巴巴集团和京东集团等都开展网上购物业务，传统商业日渐凋零。他们公司的梦江南城市综合体不仅自持的商业房产租不出去，而且已经租出去的房产设施也因商家破产而违约，人去楼空，一片萧条。如果不是先期引入的以大润发超市、老乡鸡连锁餐饮业为配套的新兴业态支撑，估计这里已经成为一座空城。满福公司想方设法提升人气，逢年过节都组织一些大型促销活动，什么"五一狂欢梦江南""七七牵手梦江南""十一购物嘉年华"等。平时就组织大型商演活动，包括明星演唱会、国际电影节、大妈广场舞赛事等。然而，这些都是治标不治本，曲终人散，人走茶凉。

无奈，石亦满咬牙花重金从上海、北京聘请两个高水平营销团队拯救日益沉陷的梦江南。很快北京团队引来了国内知名的大型民企大连万达集团，拟将梦江南改造扩建成大型 CBD 万达广场，以功能齐全吸引人气。上海团队从新加坡引来了国际知名的餐饮企业海底捞，意在提升梦江南消费层次招揽顾客。亦满及其公司管理层经过反复讨论，认为这两家拟入驻企业业务范围都与现有梦江南综合体业态有重复之处，特别是占综合体近三分之一的餐饮业，难免会分流客源，形成内卷式竞争。亦满反复权衡后，决定采取逆向思维："以其人之道还治其人之身"——从阿里巴巴集团旗下的淘宝集团引入"新零售"商业模式，综合体以房产入股，加盟淘宝，设立半山湖淘宝体验旗舰店：体验店以互联网为依托，通过运用大数据、人工智能等先进科技，对商品生产、流通和销售过程进行升级改造，重塑业态结构和商业生态圈。建立线上线下立体消费者联系群，针对不同人群甚至是不同个体的不同需求，在线上精准定向推送个性化商品和服务，将体验式消费和个性化服务融入消费者生活，把经营物品销售变成经营人，形成以暖心服务为纽带的熟人、老客户、复购基本客户群。除此以外，为吸引城市白领和城郊少年儿童消费群体，他们还借鉴上海模式，将综合体前面一万多平方米的广场规划建设成夜市市集。主要为餐饮区、文创和艺术展演区、体现公共性和公益性的街道服务区，激发城市夜经济的活力和烟火气。不过，新模式需要投入大量的资金。亦满这次是豁出去了，他说："这些年来，商业竞争大都是勇立潮头者胜。我现在要的是人气！有了人来，就不愁他们不消费。"

石诚感叹道："商家看到的是攻城略地，地产商看到的是提升人气，而我看到的是新型商业业态能够给普通百姓带来新的消费体验，提升城市能级，增加城市魅力！"

亦满惊讶地看着石诚："这后一条我可没想到。不愧是秀才，总结的好哇！"

石诚进一步说："如果说大润发给百姓带来生活方便，万达和海底捞能够丰富商品和服务，提升消费层次，则新模式不仅能更加方便购物，还能为消费者带来新的消费体验和更加人性化的服务。你不仅养活了你的百十号人，而且温暖了周边数万人，还提升了半山湖小城的档次和魅力。你这才叫活出了人生的价值！"

亦满谦逊地说："其实，我也不是着意而为之，只不过干了自己喜欢干的事。你上次从上海回来后，说人生的最高境界是：'干自己想干的事，爱自己心爱的人'，依我看只说对了一半。应该改为'干自己感兴趣的事，让所干之事成为自己热爱的事业。'这就需要找到那个能让自己的能力、喜好与这个商业世界相交汇的最佳位置，需要拿出生命中所有的激情和活力去做；'爱自己可爱的人，让自己成为所爱之人心爱的人'。也就是用让对方喜爱的方式去表达爱心。"

石诚频频点头："有道理！没想到，你对生活感悟得这么深刻，难怪你事业、家庭双丰收！"

石亦满看着儿时的崇拜对象，他的诚哥现在要钱没钱，要家没家，不免心生怜惜，好像只有说出那句"钱的方面如果有困难尽管说"才能略觉宽心。

石亦满知道，石诚是个不轻易打扰别人的人，别人还给他贴了个无伤大雅的标签：无事不登三宝殿！于是他问道："你今天不会是专门来听我谈体会的吧？"

石诚说明了来龙去脉后，亦满证实了笑天的说法：现在机关作风确实比以前好多了。亦满说："现在很多适合社会去做的项目都公开对外发包了，你可以去试试看。"至于商场真经，亦满笑着调侃说："我们小时候看电影时最喜欢的一句经典台词——'不见鬼子不挂弦'。跟谁做生意，你都牢记两个原则：'不见定金不起步''不按进度付款不交货'！"石诚立马笑着竖起拇指："'高！高！实在是高'！"他们相视哈哈大笑。

告别时亦满提醒他："既然你选定了经商这条路，那就要时时提醒自己：在弱肉强食的丛林法则面前，善良不带刺，就是待宰的羔羊！在薄情的世界，诚实不戴铠甲，就会遍体鳞伤！"

他郑重地点了点头。此时，他像西奥多·罗西福笔下的那个"面孔沾满了尘土、汗水和鲜血，一次次跌倒，又一次次爬起，擦干了脸上的血污，又英勇地战斗"的斗牛士，暗暗发誓：再试一次！他知道，最终他将取得重大成就的胜利，他也知道，在最坏的情况下，如果他失败，至少也是失败得很英勇的！

也许是时来运转。滨江市综合经济部门正有一个咨询服务项目要对外发包。近来，国家突出加强生态文明建设，产业扶持资金重点向高新技术、循环经济、节能减排等环境友好型产业倾斜。滨江市要争取入列国家这些政策的试点市，需要编制向国家申报材料，此前曾高价聘请北京一家著名咨询公司担纲编制，但因为在接地气方面有瑕疵而被市委市政府要求推倒重来。为此，负责此项工作的市直部门拟集中全市咨询力量完成这项工作。经过答辩、筛选，最后决定石诚公司协助本市另一家资深咨询公司合作完成。

接手任务后，石诚首先摆正自己位置，牢牢把握受雇公司和助手的角色。无论打交道的是发包方的领导还是一般工作人员，他们都尊重有加。无论对方提的意见是否有道理，他们都逐一讨论并与对方沟通好。正如昔日一位领导说的"低调做人有时候能够收到奇妙的效果"。他们与发包方、合作方对接人员相处融洽，充分的吸收了他们的智慧，首战告捷。他们的成果顺利通过市、省、国家三级专家评审，在参加评选的全国六十多个城市中脱颖而出，石诚公司也在完成此次任务中逐渐被认可。以后，他们独立投标、中标，连续五年获得国家项目评审优秀等级，滨江市连续五年获得国家巨额资金支持。他又从工作中找到了久违的乐趣。当然，这其中主要的还是滨江市工作做得好和滨江相关部门与省、国家对口部门衔接得好。但石诚公司对文本本身的贡献也是得到发包方充分肯定的。因此，每个项目合同兑现都比较利索。后来，在合作部门工作人员的推荐下，他们公司又做了一家由国企改制后的农业科技公司的项目可研报告，合作非常愉快。从此，一发不可全收，业务越做越顺。

得知昔日的老领导石主任现在专门从事企业发展项目咨询工作，刚刚调任半山湖开发区下属一个贫困村黄梅村村支书的李华专程前往滨江求教石诚，期望老领导能为他们村脱贫致富奔小康谋划支招。

能够为原单位做点事，石诚很高兴。再说，因为那次征地他在心里还一直欠着开发区农民兄弟的一份未了债。因此，从某种意义上说，这也是给他一次补偿的机会。于是，他决定义务为他们咨询服务。这也是为国家扶贫工程出一点力，为开发区的农民兄弟尽一点心。

看到老领导比较忙，李华直奔主题："这个村毗邻我原来当村长的黄畈村。和黄畈村一样，成片的农田均被开发区征用，剩下的资源除了黄梅山上零星分布的几处茶园和经果林外，就是黄梅山旅游资源。"

"旅游资源？我在开发区时怎么没有听说过？"

"那时这个村还没划入开发区。再说，那时还没有乡村旅游、全域旅游的概念。因此，这个全市为数不多的几个未开发原生态山林还无人注意到。现在市政府和开发区管委会都要求我们必须要在三年内脱贫解困，并说这是落实党中央、国务院'扶贫路上一个也不能掉队'号召的死命令。我们也非常着急，先后请了市里很多专家到现场考察，出谋划策，好像说的都有道理，但究竟走哪条路我们下不了决心。您见多识广，想请您把把脉。"

"他们都怎么说？"石诚专注地听李华介绍。

"旅游部门的专家说，黄梅山有山有水，有奇峰怪石，有枫林竹海，旅游资源独具一格，完全适合开辟一个别有洞天的旅游景区。农业部门的专家说，这里生态环境比较好，远离工业区，没有任何污染源，可以运用循环经济的理念，发展林下经济。如养鸡、养牛，通过沼气工程解决环境污染问题，为社会提供原生态畜禽产品，实现农民致富。民政部门看中这里终年云雾缭绕、空气清新的环境，认为养生条件得天独厚。建议我们顺应社会发展大趋势，在黄梅山水库上游，三山之间，建立一个康养基地。"李华逐一介绍专家意见后，又如数家珍地介绍着黄梅山的一草一木。

"啊，听你这么说，如此一个好地方，是应该想办法让绿水青山发挥金山银山的效用。"石诚饶有兴趣地听着，不时点头自语。

还是那个老皇历：没有调查就没有发言权，不到现场不决策。石诚一行饭后即驱车前往黄梅山现场察看。果然，这里景色引人入胜！站在原国有林场遗弃的场区旧址，抬头四望，场区三面环山，一面临水。中间有一条十多公里长的山溪，蜿蜒流入最下边的大水库。山上奇峰、怪石，危崖、神洞俱全。特别是，据李华介绍，一到春夏季丰水季节，山洪咆哮，形成多级小瀑布，甚是壮观。平时，水面面积八百多亩的水库，绿水成镜，非常迷人。行到大山深处，他们看到，山上绿树成荫，植被茂密，还有成片的枫林、竹海和当年国有农场关闭后留下的几片野生茶林、经果林。

"啊！确实是藏在深山人未识！"石诚感慨道。

"专家们讲得不错，这里确实适合开辟一个旅游景区。不过，旅游项目是长线投资，不仅投资额大，而且短期内难以见到效益。再说，现在开发旅游项目，至多只是赶上国家扶持政策的末班车，能争取到的扶持资金有限，需要招商引资才能解决。"他回头对李华一行说。

"那，发展林下经济或康养基地条件够吗？"李华试探地问道。

"建设康养基地也同样存在旅游项目面临的问题。虽然国家政策支持力度比较大，但国家现在对政策扶持项目有了新的规定，即项目建设必须要有基础，也就是必须要完成项目总投入百分之三十以上才可以争取政策支持，不像以前只要有个项目可研报告就可上报争取。因此，同样也面临一个招商引资问题。至于发展林下经济，虽然起点低，易于起步，但对如此优越的资源禀赋，有点'大材小用'。况且，后续工作要求比较高，如技术问题、营销问题等，特别是，市场风险较大，如遇到像禽流感那样的流行病，恐怕大家承担不了这个风险。因此，必须要综合考虑这些因素。"石诚缓缓地说。大家面面相觑，似乎遇到了一个死结。

见大家都看着自己，石诚接着说："根据国家最新的政策导向，我觉得这里发展中小学生研学旅行项目比较合适，可以建立一个亲子文化体验基地或营地综合教育基地。"

"'研学旅行''亲子文化体验''营地综合教育基地'？领导，这些名词我们都没听说过。"李华红着脸说。

石诚解释道："呵呵，研学旅行主要指中小学生参加户外教育培训，到大自然中去，不仅看，还要身体力行，如动植物辨识、农事采摘、手工艺、登山攀岩、野炊露营等。两年前，教育部、国家发展改革委等十一个部委就联合发文，要求将研学旅行活动纳入正规教学计划，这对我们来说，是个难得的政策机遇。"

"哦，太好了！这几项我们这里都可以做。这个山林有丰富的动植物资源，可为学生认识大自然提供标本。采摘，可以动员村民把野生茶园承包下来，改造成茶园或经果林。野炊露营，这片原国有林场遗弃的大片场区旧址可供使用。既安全，又不需要大的投入。"李华兴奋地说。

"亲子文化体验，主要是针对没有独立活动能力的小学生，甚至是学前幼儿与父母一道，在专业人员指导下，参与这些活动，让孩子在参与互动中体验父母亲情和同伴友谊，滋养孝心和家国情怀。"石诚继续说，"围绕为研学基地服务，还可以适当搞一些民宿和农家乐。"

大家纷纷点头赞许。李华问道："领导，项目好是好，不知道投入大不大？"

"这类项目主要是利用天然的资源，稍做改造即可启用。三五十万即可起步，以后滚动式投入，可根据收益和项目前景预期，逐步加大投入。这样风险比较小。再说，这个项目正好赶上国家、省市鼓励发展的头班车，可以争取一部分政策扶持资金。"石诚笑着对大家说。

"太好了！"一听说花钱不多就能干起来，大家一下子兴趣高昂："前期那点投入我们大家可以凑凑。"

"那叫'众筹模式'，群众可以自愿入股。众人拾柴火焰高！"石诚也跟着兴奋起来。可李华却很快没了笑容。他面有难色地说："这是一个文化旅游项目，需要有文化的人来干，只是村里年轻人都出去打工了，剩下的大都是一些文化不高的中老年人。"

看着大家满怀希望又疑虑重重，石诚笑笑说道："这个，大家不用担心。能为大家做点事，我很高兴。我来义务担任这个项目的顾问。我这个'顾问'可不是'顾问，顾问，顾而不问'，而是要一问到底的哟。"看到石主任这个态度，大家都开心地笑了。

"另外，我们公司还将尽快为项目做个可行性研究报告。将大家讲出来的疑问和未讲出来的疑问一一解答，同时以这个可研报告代项目建议书，上报开发区管委会和市发展改革委立项，争取省、市政策扶持资金。"

在石诚的顾问指导和引荐下，李华带领市和开发区派驻村里的扶贫干部和大学生"村官"往返于省、市之间，争取项目立项和扶持资金。同时，用市场化的方式引进省城的研学专业培训机构入驻。七八个月后，正赶上暑期放假，黄梅山的研学基地即开始启动迎客。第一批夏令营小营员是半山湖市实验小学高年级学生。

这天上午天气晴朗，微风习习，小营员们在专业指导教师带领下，一路辨认植物和昆虫，登上业已改造的茶园，由采茶姐姐和阿姨手把手教他们开展高山采摘活动，大一点的孩子家长还带着孩子到经果林从事有偿采摘活动。然后他们爬上黄梅山最高峰火炬峰，登高望远，欣赏大自然的鬼斧神工和黄梅山下美好的田园风光。临近中午，天气渐热，他们开始密林探险，穿过燕子洞、一线天等，曲径探渊并一路收集植物标本。正午，他们来到一片竹林，三五成群的或席地而坐，或依竹而蹲，打开自带的饭盒就地午餐，然后就地开展竹海游戏活动。下午，小营员们在清澈见底的山溪中戏水，在山溪上空横渡滑索，到三十多米高的水库大坝上凭栏悬湖览胜。从傍晚起，小营员们在父母的陪伴和专业老师的指导下，开始体验"餐风露宿"乐趣。夕阳余晖下，他们用营地提供的露天烧烤架和烧烤食材，开始自己动手制作、自我服务的野餐。孩子们品尝着自己的劳动成果，无比的新奇和兴奋。夜幕降临，他们在营地帐篷前举行篝火狂欢。孩子们围着几堆熊熊燃烧的篝火唱歌跳舞，尽情释放自己的天性。直到深夜，他们才钻进顶部透明的帐篷，来一个星空露营，在仰望星空中进入梦乡。

第一期夏令营取得了空前的成功。孩子们的脸上都洋溢着幸福快乐的笑容。随孩子们前来的家长代表们都纷纷竖起拇指，给予一个大大的赞。李华他们更是喜不自禁。

现在的茶园承包人，当年征地动手打石诚的老陈激动地走到石诚面前，双手握着石诚的手，喃喃地说："你是一个好人，好人呀！我打错人了！真的对不住！"石诚先是一愣，继而笑道："呵呵，你是黄畈村的？你那一拳把我打醒了。要没有你当年的那一拳，说不定就没有今日的狂欢了！啊？你们说是吧？哈哈！"

"哈哈""哈哈"！大家都开心地笑起来，只是老陈有点尴尬。听到笑声，那些远远站着朝这边看热闹的来自黄畈村、黄梅村经营农家乐的和被老陈雇用的采茶人这时都围了过来。

李华看着大家接话道："看到你们被征地农民生活并没有如愿好起来。老主任心里一直感到欠你们的。"

"老主任，我们不怪你！你也是奉命行事。"

"老主任，过去的事你不要往心里去，我们还要感谢你呢！"大家笑盈盈地七嘴八舌地说道。

这时，老陈拿来一包茶叶双手递给石诚："石主任，这是我承包茶园今年的新茶，算是我的一点心意，请无论如何收下。否则，我心里过不去。"

"好，我收下！茶园丰收，也算是你老陈的喜事。这喜礼，我很高兴地收下！"石诚笑着接过茶叶。

老陈这个头带的不要紧，马上身边就有人送来自己承包经果林自产的葡萄、水蜜桃等。就连参加亲子活动的家长，也鼓励孩子拿出他（她）们采摘的水果送给这位大家尊敬的爷爷……有位经营农家乐的女老板干脆拉着石诚到她家馆子坐坐。石诚一时顾不过来招呼谁好。

看到这个场面，李华笑着对石诚说："老主任，今天你可以卸掉心头的包袱了吧？"

看着众星捧月般地把他围在中间的黄畈村、黄梅村的这些似曾相识的朴实的面孔，石诚心潮难平：中国的农民就是这么现实，又是这么淳朴！一种特殊的情感涌上他的心头：是被需要的崇高感？还是付出以后的快乐感？抑或是如释重负后的轻松愉悦？

他激动地说："乡亲们！这只是万里长征走完的第一步，只是我们走向幸福生活的第一步。下一步，我们还将根据富裕起来后人们生活方式的变化，按照发达国家最新的生活理念，将这里打造成慢生活小镇，吸引更多的城里人来这里休闲养生，享受生命的乐趣。让这绿水青山变成我们农民致富的金山银山。大家有没有兴趣？"

"有！""老主任，你就领着我们干吧！"大家情绪高昂。乡亲们如火般的热烈情绪让石诚联想到当年那段激情四射的岁月，他的眼睛湿润了。这真是"众里寻他千百度，蓦然回首，那人却在灯火阑珊处"！

正当石诚其乐融融地与昔日的同事们从事"培养孩子这个伟大的事业"的时候，一个晴天霹雳在头顶炸响：他把原本准备颐养天年的养老准备金拿去理财的私募平台在这年初冬暴雷了！他悔不当初。回想这次决策的全过程，他惊讶地发现，自己一生中唯一一次心存侥幸就付出了如此沉重的代价！他存款当时就感到私募平台的利息异常，是各大银行同期利息的两倍以上。但看到尚未超过国家规定民企金融利息可以最高上浮至国家银行利息四倍的标准，就抱着侥幸心理赌了一把。没想就出事了。痛定思痛，既然事情已经发生了，就要坦然面对。

石诚他们投资的理财公司是上海东方财团经半山湖市工商部门核准在当地注册成立的子公司。集资诈骗受害人群体绝大部分是退休职工和打工者。他们大部分是社会底层民众。在银行存款利息跑不赢物价上涨速度的情况下，这些没有投资渠道的散户选择了到民营公司理财，以求资金保值增值。理财平台坍塌后，分散在全市各地的受害人，一盘散沙，群龙无首，维护自身权益的声音比较弱，大多以泪洗面。石诚觉得自己有义务和几位维权骨干一道帮助这些弱势群体从无良商人手里讨回他们的血汗钱。当然，这也是在为自己维权。

在资方的通报会上，看着大多老态龙钟绝望无助的受害人，一股悲悯之情涌上石诚心头。当大家推选的受害人代表准备赴半山湖投资公司母公司所在地、受害人资金流向地和犯罪嫌疑人羁押地的南山市政府寻求帮助时，他当仁不让地担负起文字起草工作。很快就写出了一封如泣如诉的致南山市政府的一封信。

在全体受害人签字画押求援信的集会上，受害人代表杨玉英声情并茂地宣读信件，大家群情激奋。杨玉英等四位代表欣然领命，去南山市讨债维权。

然而，令人不可思议的是，维权还没开始，维权队伍即四分五裂。表面上看风平浪静，大家都主张维权，但私下里却暗潮汹涌。他们以平时的交友圈子为基础,形成几大门派。有人提议在半山湖市组织大规模上访游行,就地维权。有人宣称组成独立小分队,独立维权。更有甚者,有几个有头有脸的活跃分子被资方买通,纠结一批人主张按兵不动,静候南山警方处理,他们期望以此讨好资方,以求日后优先得到偿还本息。

微信群里多数年老体衰者成了"沉默的大多数",因为他们不会用微信,又不敢告诉子孙,无法在微信群里交流。

细细观察,在几大门派圈子背后都有同一个身影,他就是半山湖投资公司实际负责人崔子厚。这个长相憨厚、举止稳重、说话轻声细语的人,与人相处给人一种自然亲近的安全感。这些受害人毫不犹豫地将自己的血汗钱放心地交到他手上,跟大家对他的好印象不无关系。而他似乎很懂这些二十世纪五六十年代,甚至二十世纪四十年代出生的客户或潜在客户的心理,出言都是能为这些共和国最辛苦一代人的长辈们安度晚年做一点善事是他莫大的荣幸云云。平台出事后,他经常有意无意地透露一些资方的最新动态,并且有针对性地提出一些维权对策,因此赢得受害人的普遍好感。以至于上海这家投资公司在全国其他几个市的门店负责人都被抓捕,而他却能自由自在。现在他又在为大家的维权奔走。尽管杨玉英等人已经对他的过于完美的表现产生怀疑,但无奈敌不过众意。甚至有人多次推荐他担任维权小组组长。

有趣的是,几个圈子都有他共同的身影,但几个圈子却怎么也形不成共同的维权决策。

就在几派意见僵持不下、维权进退维谷之时,南山市一位与半山湖市有点亲戚关系的"难友"提供了一个消息：同样受上海东方财团合同诈骗坑害的上海受害人群体已派代表到南山市反映诉求。于是他们迅速与上海受害人代表取得联系，并建立了三市维权微信群。微信群中一个头像为菊花，微信名为"冬菊"的"微友"引起了石诚的好奇与注意。经了解，那个微名叫冬菊的难友还是上海方面受害人代表之一，三市商定一同去南山市讨要说法，她也前往。石诚下意识地点开冬菊的微信，霍然入目的是"花开苦寒去"的个性化签名。他心头一热，几乎可以确定，这个"冬菊"就是那个给他心中留下无限美好的菊蕊！因为他还清楚记得，那次在秀水河边小韩折花送给他的时候，他曾经调侃说了一句："好香啊！花开苦寒去，菊蕊送香来！"

但他很快否定了这个判断。上海东方财团坑害的受害人群体大都是老年人，她怎么会在其中呢？再说，以马东野的精明，他们是绝对不会犯这种低级错误的。他自嘲自己是不是神经过敏。直到有一天，"冬菊"发来了一封给南山市诉求信征求意见稿，他阅读中感到有一种久违的共鸣：

"上海东方财团在上海、半山湖、南山市的子公司是在国家鼓励金融创新、发展民营金融机构的政策背景下成立的，成立以来也一直置于所在市工商、税务、金融等部门监管之下，而且，我们都有合同在手。所以，我们的投资理财理应受到政府和法律的保护。"

"根据《中华人民共和国刑法》第二百二十四条规定，以非法占有为目的，在签订、履行合同过程中，采取虚构事实或者隐瞒真相等手段，或者，以先履行小额合同或者部分履行合同的方法，诱骗对方当事人继续签订和履行合同，骗取对方当事人的财物且数额较大的行为即可认定为'合同诈骗罪'。……"

与他的晓之以理，动之以情文风不同，通篇都是以事实为依据，以法律为准绳，丝丝相扣，招招中的。可见，这个"冬菊"有很高的法律素养！而这正是他想写但又力不从心的软肋。此时，他头脑里第一个闪出的就是那个法律专业的高才生，后来从事律师职业的韩菊蕊。至此，他不再是猜测，而是肯定，这个"冬菊"就是那个"冬菊一枝傲霜来"的冬菊！

于是他情不自禁地在维权微信群里为代表出征南山市写了一首打油诗：

> 山寒水瘦路漫漫，肩负重托不畏难。
> 掩却心中千般苦，笑指前方艳阳天。

在多次申诉没有得到南山市政府相关部门回应后，三市代表商定，在第二年春节后赴省城上访。石诚又写了一首打油诗为代表们鼓劲：

> 别人踏青我出征，酸甜苦辣是人生。
> 千回百转何是路？唯以不屈示儿孙。

苍天不负苦心人。在开始维权两年多后，终于得到了一个好消息，省纪委派驻南山市的巡视组已着手搜集那位负责合同集资诈骗案的警官"不作为"的证据，反腐大幕就此拉开……

　　得到消息的受害人自然三五成群地汇聚到平时跳广场舞的地方庆贺。此时，石诚和那些维权代表们一样，感到能为这些弱势群体做点事很有价值，生命的意义莫过如此。

　　就在维权曙光乍现的时候，石诚的公司因业务需要，与上海一家咨询公司合作，他也随行租住到上海。石诚刚到上海不久，当年的憨子，现在的省内知名的师范大学学生王自强大一暑假专程来拜望他。当石诚问到自强大学学习情况时，自强不无遗憾地介绍了现在的大学和他自己的状况。他说，从考上大学的那天起，他就决心努力学习，积累知识，毕业后，尽快践行自己的理想：当一名人民教师。没有想到，大学的情况与他想象和期待的大不一样。很多同学，包括那些中学时代的"学霸"，大都把大学当作经过高考前赛跑后放松身心的驿站，而不是当作"百尺竿头更进一步"的人生加油站。上课上网、打游戏的大有人在，甚至还有人公开翘课，外出谈情说爱，学校和老师也爱管不管。让人想不到的是，中小学时代的那些"别人家的孩子"上大学前目标是考上大学，一旦上大学的目标实现了，就不知所向，人生迷茫，有的甚至怀疑人生，得了抑郁症。

　　自强说："听同学们说，即使在清华、北大这样一个汇集全国精英的地方，也有很多优秀的学生经常会陷入空虚迷茫的状态。受先行一步走向社会找工作受挫的学长们的影响，他们更感到学习无用处，甚至觉得人生无意义，但又找不到出口。这种情绪层层传递，我们大一生都能感受到。"

虽然常在网上看到"空心病"正在"侵袭"我国数以千万计的好学生，他们除了学习，不知道自己生活的意义在哪里，多少天之骄子找不到生命的出口，但听到自强亲口说出来后石诚还是感到震惊。他说："恢复高考后，人们逐渐把培养下一代的眼光和目标仅盯在分数和名校上，只教书不育人，忽视或放松了生命意义的教育，这实在是本末倒置。"自强下意识地抬头看着石伯伯。

石诚徐徐地说："用功利性的目标奖励学习，一旦目标达到，学生就会无所适从。"

看着自强茫然的样子，石诚继续说："其实，人生还有很多美好的东西值得你们年轻人去追求。英国作家毛姆说过，世界上有两件东西使我们的生活值得苟且，那就是爱情和艺术。爱情可以使人变得崇高，艺术能够让人生过得有味。当你们认真地去品味生活，就会发现这人生虽然难免有风险和劫难，但却是值得一过的。"

自强似有所悟地点点头，说："石伯伯，我现在也很迷茫。倒不是没有目标，而是对实现这个目标没有信心。"

"啊?!"见石伯伯惊异地看着他，自强低下头说："我出身卑微，又没有人脉和靠山，找工作都难。更没有资本去体验爱情，涉猎艺术了。"

石诚感到这孩子太过自卑，当务之急还是先鼓起他奋发向上的勇气和信心。于是他对自强说："莎士比亚说过，'卑微的地位往往可以激发你向上的斗志'。能够改变命运的就两样东西：一个是'奋斗'。你要好好利用大学优越的学习资源和四年的宝贵时光给自己充电，在踏上社会之前，铆足劲，加满油，就会大大增强迎战任何风雨的信心；一个是'选择'。人生的紧要关口就那么几步，有时候，走错一步就可能错过一生。你要不忘初心，在关键时候做出正确的抉择。从某种意义上说，选择比奋斗更重要。"

石诚接着说："还记得那次放风筝的体会吗？"

"记得。石伯伯！'把握住人生的理想和目标，就像操控好风筝的线，人生就会收放自如。'"自强笑着说。

"很好！伯伯再送你一句话，就是诺奖得主美籍华裔学者朱棣文博士一生最重要的感悟：'生命太短暂，你必须对某样东西倾注深情！'希望你咬住目标，坚定前行，千难万难往前走。伯伯期待你获得第一步成功的那一天！"

石诚像对自己的孩子说话一样，深情地看着自强，又补充说道："你爸在世时一直担心你考不上大学，你经过努力，不是考上了吗？任何时候对自己都要有信心！"

"我记住了，石伯伯。"说着，强子眼含泪花，"石伯伯，考上大学以后，我真的好想当面对我爸说声'谢谢！'，可惜他老人家永远听不到了！"当年的憨子抹着泪哽咽得说不出话来。

"强子，别难过。放眼未来，往前看！做出个样子来就是对你爸的最好告慰。"

为了调节一下气氛，石诚换了一个话题，这是他这个当伯伯的最近一直关心也应该过问的一件大事："强子，伯伯还想问你一句话，你谈恋爱了吗，或者考虑过谈恋爱了吗？听说现在的大学生谈恋爱都比较早。"

"暂时还没有。"强子低头回答。

"哈哈，什么叫'暂时还没有'？是有头绪了吗？我们强子这么高大帅气，又这么诚实厚道，一定不乏追求者！是吗？"石诚笑着问。

"石伯伯，有是有几个女生对我表示了好感。不过，我对自己没有信心。听您刚才说的，我决心努力提高自己，争取像您说的有滋有味地过好这一生。"自强憨笑着说："还有，石伯伯，像我这样的家庭背景，能和那些家境优越的女生交朋友吗？"强子腼腆地笑着问。

"你了解她们的家庭吗？"

"没有。我觉得只要她们本人好就行，现在都是小家庭，我又不跟她家父母过日子。"

听强子这样说，石诚陷入了沉思。他想，在恋爱婚姻问题上，他是没有资格去教育孩子的。但是，现在年生不在了，他这个当伯伯的有责任对孩子在人生关键路口做选择时提一些参考意见。

想到这些年来他对婚姻问题的思考和那些成功家庭的做法，他抬起头来对强子说："强子，在人生可能面临的诸多选择中，婚姻的选择是最重要的选择，一步错了，就有很大可能是步步错。伯伯年轻时也像你这样，理想主义占上风，对现实问题考虑得很少，甚至还很反感那些比较注重现实或实用的人。后来，家庭不顺时，就去讨教身边那些婚姻美满家庭幸福的幸运者。原来，除了两情相悦外，他们都还有一个共同的择偶标准，就是要大体的'门当户对'或者说'旗鼓相当'。"

"'门当户对'？！"都什么年代了，石伯伯怎么还持这样的观点？强子心里嘀咕，脱口而出。

"是的。不过这里的'门当户对'不是指你是'富二代'，我是'官二代'。也不是我穷，你也不富。而是指双方教育背景（包括家庭教育）的大体相当，认知层次的大体一致。比如，你崇尚'知识改变命运'，她笃信'奋斗塑造人生'，你反对'啃老'，她也不愿吃'嗟来之食'等。这样，你们才会在婚后锅碗瓢勺的平淡中仍然能有共同的'甜蜜的语言'。特别是，不能忽视势利的家庭、具有'穷人思维'的家庭对子女的影响。"

见自强一脸迷茫地看着他，石诚补充说道："哦，'势利家庭'就是只见衣冠不见人，趋炎附势的家庭。'穷人思维'就是第一眼看到的都是'问题'，第一个想到的都是'困难'，总是怨天尤人，或者是安于贫穷。用现在的话说，就是身上充满着负能量。——与层次不同的人在一起，以后磨合难度会很大。有人甚至说会是一场灾难。现在，婚姻专家也越来越认可这一点。"

看着自强若有所思地点着头，石诚说道："当然，能与一个懂你的人牵手，那是人生可遇不可求的最大幸运。"

"石伯伯，我明白了！"

告别石伯伯，王自强迈着坚毅的步伐大步向去往自己大学的车站走去。

送走自强后，石诚陷入了沉思：古人说，"儿孙自有儿孙福，莫为儿孙空操劳"还是有一定道理的。年生在世时，没有哪一天不在为憨子操劳。而他去世时憨子才上初中，现在已经如愿上大学了！年生这一辈子活得太累了，也太苦了。我要把这个故事写出来，启示后人不要顾虑心太重，人生无须太用力，凡事尽心即可。

这时，手机响了，显示的是上海来电。虽然是陌生来电，但因为上海现在还有不少大学同学和曾经的同事，所以他未加多想就按下接听键。

"喂，是石总，石大哥吗？"电话那头传来一个女子弱弱的声音。

"你是……韩……?！"石诚惊讶地问。

"是的，韩菊蕊。冒昧打扰了！"电话那头声音虽弱，但还是把惊喜之情传递给了石诚。

"哎呀，多年不见了，你还好吗？"石诚立马启封了雪藏多年的情感。

"哪里好啊？我的事你大概多少也知道一点。你离开上海后，本来我还想继续得到你的指教，但怎么也与你联系不上。后来我和老马好上了，不久就结婚了，还有了一个孩子。本来生活过得好好的，可是……"韩菊蕊欲言又止。

"可是什么？……没有关系，你说。我会守口如瓶的，你放心！"石诚打消她的顾虑，毕竟十多年未见了，对方有顾虑也是正常的。

"可是……就在上半年，老马的那个在美国的女同学回国发展，落脚在上海，老马经常去看她，一来二往，就出轨了。我心里好难受，不知怎么办好，就来打扰你了。"电话中，韩菊蕊哭了起来。

"啊?！……小韩，你结婚的事我听说了一点。现在事情已经发生了，哭也没有用。让我们来共同想办法怎么面对这件事吧，——我想问你，你现在对他还有感情吗？"石诚问道。

"结婚这么多年了，多少还有点感情。再说，我的孩子还太小，才不到五岁。"

"那你有没有考虑过，再给他一次机会呢？"

"考虑过。不过，一想到他们之间的苟且就感到恶心，就感到锥心的痛。有时候真想一死了之！"

"啊！我能理解你的心情。不过，小韩，爱情并不是生活的全部，你没有必要产生过激的想法。再说，人活在这个世上，特别是成人以后，就不单单是为自己活着，我们还有需要赡养的父母，有需要抚育的孩子，这个时候，就要有所担当：吞下所有的苦，含泪奔跑！"

"石大哥，你说得对。正是因为这些，我才下不了决心。即使是离婚，对我那风烛残年的妈妈也是催命，对年幼的孩子，我就更不敢想象会有多大的伤害。你说我该怎么办好啊？"

"老马是什么态度？他心中还有你吗？"

"他说他第一次是醉酒后发生的，以后就将错就错了。他乞求我原谅他。"

"这……"他本想劝说她几句，突然，他想到了一句古话：不知别人痛，莫劝别人善。于是他改口道，"根据一些婚姻专家对像你这样的一种情况的建议，你是不是可以考虑给自己一个冷静期，也给对方一个悔过期？如果到时候，时间老人能帮你忙，让你能淡化过往，对方也能痛改前非，那么，重新修复婚姻也有先例。反之，则可以痛下决心。你说呢？"

"石大哥，就按你说的试试吧。我努力把痛苦深埋心底尘封，尽力不去触碰它。不过，我不知道我能不能坚持下去。"

"先把这一切交给时间老人吧。"

"好的，石大哥，打扰了！"

"小韩，你就不要客气了。以后有什么事你尽管打电话来。"

石诚没有告诉她，因为业务需要，他们公司与上海一家知名咨询公司合作，此刻他就租住在上海，与她近在咫尺。打这以后他们经常通话。他了解到，马东野的那个女同学长相并不出众，也不年轻，不过，谈吐不俗。相比于韩菊蕊的年轻朝气，她应该是以思想而不是美色征服了东野，两个相近的灵魂擦出了火花。而她，韩菊蕊，自从有了孩子后，就辞职在家带孩子，当了全职太太后就和社会渐行渐远。每天面对的不只是哺乳、洗尿片、哄孩子，还要为东野洗衣服、做饭，有的只是洗不完的锅碗瓢勺，摆弄不完的油盐酱醋，哪里还有什么诗和远方！相反，东野那边没有家务的拖累，尽情地挥洒着时间的馈赠，一路向前，渐渐地把菊蕊落下。他们除了孩子外，共同的话题越来越少。于是，他建议韩菊蕊，如果她想修复婚姻，就要让老马分担一点家务，让他尝尝人间烟火。同时，也为自己腾出时间，多看看书，加强心灵的修养。必要时，可以结伴旅行，在休闲中，寻找诗和远方，增加两个灵魂的默契。

为了她的家庭幸福，至少从形式上完整，他没有告诉她，他现在还是单身。从上海辞职到半山湖在经历了一段无疾而终的感情后，他就将玉成接到身边，父子俩相依为命。虽然他不准备再婚，但只要她的婚姻存在，他就要把火热的心包裹得严严实实，严守自己的秘密。他深知，家庭的解体，对于成人的伤害有时候还可以通过一段新的感情来修补，但对于孩子的伤害则就永远不可能修复了。他不能当孩子的罪人！对于长期单身的他，遇到自己的梦中人，做出这种几乎不近情理的决定是困难的。然而，正是这种坚定和牺牲让他感到内心深处最大限度的满足和崇高。

再度和理念先进的上海同仁合作，石诚又一次感到有点不适应。面对新的生活理念冲击和一个接一个工作上的挑战，他又像年轻人那样，开启了后来人们总结出的"996"工作模式，有时甚至是通宵达旦，没有节假日。常常，对着镜子看着日渐衰老的容颜，他禁不住反问自己，这样做是为了什么？这种"工作狂"的模式，过去损害了家庭，现在掏空了身体，这样做有意义吗？最要命的是，这样做，动机和效果统一了吗？有没有一条更适合自己的路子可走？……

他太需要停下来整理一下这杂乱无章的思绪，太需要花时间沉淀一下自己了。他意识到余生不长，应该好好反思反思自己这碌碌无为的人生了。

回首自己走过的路，都是密密匝匝的脚印。"人生为什么不能从容一点呢"有时候他想。他想起股神巴菲特曾经说过："停下来凝望自己的内心从来都不是一种时间的浪费，而是一种时间的投资，它在我看来甚至是一个人所能做出的回报率最高的投资之一。"经过再三权衡，他毅然决然地将自己的咨询公司让上海合作公司收购。他要停下来好好地整理一下自己，在自己尚有余力的时候调整一下人生的姿势，以另一种方式更加本真、更加从容地度过余下的时光。

生命有趣是写意

列夫·托尔斯泰在其名著《战争与和平》中说了一段发人深省的话："远处闪出柔和光亮的河水、遥远的群山、神秘的峡谷、恬静的修道院、雾霭笼罩的松林和蔚蓝、美丽、深远的天空、庄严明亮的太阳……这一切多么美好……如果我生活在那里的话，我这一生就别无所求了。"经过职场打拼多年后再读这段话，石诚突然像悟到了什么。由此他想起法国作家蒙田也举过类似的例子：恺撒和亚历山大在公务繁忙的时候，仍然充分享受自然的、也就是必需的、正当的生活乐趣。他想到很多老一辈革命家在戎马倥偬之际，仍忙里偷闲，不忘寄情于山水，填词作赋，抒发胸中之豪情，让自己的生命丰盈而饱满。用蒙田的话说，人要生活得写意。开悟后，石诚开始做两件自己最感兴趣，以前没有时间或没有条件从容去做的事：读书和旅行。他要痛痛快快体味一下梦里人生，诗意世界。他开始与书为伴，常在书中与古今中外的智者、贤者对话，从中汲取智慧。他一边读书，一边思考：自己历尽艰辛，丝毫不敢懈怠地奋斗了大半生，至今却是一事无成。想来真是自己对不起自己。如何才能如俄国作家陀思妥耶夫斯基说的那样，对得起自己一生所经历过的那些苦难呢？命运让我吃了那么多苦，一定对我是有所期许的。我的天命是什么？也就是说，我来到人世的终极使命是什么？

剪不断，理还乱。想来想去想不出个所以然来，他就带着这个问题，背起行囊开启一场说走就走的旅行。他要到大自然中去吸收天地之精华，排解心中之郁结，采摘生命的果实。

他对江南山水、名胜情有独钟。兴致所至，他先到江南三大名楼故地重游。登滕王阁，观澄江如练，领略"落霞与孤鹜齐飞，秋水共长天一色"的诗情画意；到黄鹤楼，看大江奔流，感怀"孤帆远影碧空尽，唯见长江天际流"的情深意长；上岳阳楼，揽八百里洞庭，体悟古人"先天下之忧而忧，后天下之乐而乐"的悲悯情怀。然后又到三峡、庐山、橘子洲头等大山名川与古今历史名人、伟人对话。他发现，名胜、名景皆因名人、名篇而出名，或因赋予人的情感元素而著名。面对山的雄奇、水的静美，他想，只有当人类或通过建筑，或通过神话、名人故事附其身，这山水才会有灵气。而无论是名山、名水，还是名楼，古人对她的神来之笔都是那么贴切、那么出彩，那么相得益彰！试想，雄奇瑰丽的长江三峡，如果没有白帝城的故事，没有神女峰的传说，没有悬棺的杰作，就不会如此的令人神往。大美江山，如果没有勤劳智慧的人民去应景创作、装点，就不会引无数英雄竞折腰。山水名胜是如此，我们的生命又何尝不是如此呢？父母给予我们生命，大自然给予我们营养。然而，只有当我们的内心跃动出与天地同频共振的音符时，我们的生命才会奏出绝美的华章。由此他想到，伟大的生命都是应时而生、顺势而为、应景而作的杰作。

联想到当下，他感觉，现在物质崇拜的时代已近结束，追求精神富有的时代即将到来。相信不远的将来人们会像饥荒时渴望温饱那样渴望精神食粮，文化生活将会逐渐成为人们的"刚需"。面对时代的呼唤，他意识到，自己应该做点什么。

他首先想到，自己最大的特长就是经历比较丰富。他可以把他们这一代人经历的新中国成立后、改革开放前的三十年和改革开放后的三十多年及现在的新时代风云变幻、跌宕起伏，自己在乡村，在我国最发达城市、欠发达城市和不发达城市工作和生活中的机缘巧合及对人生的感悟整理出来，供后人参考。他想，他可以做一个社区志愿者，为年轻人，特别是刚毕业的大学生们如何顺应潮流、适应社会提供点咨询建议。他想，可以结合自己的经历办一个"走出失败的培训班"，并且想好了主题：失败是人生的常态，只有走出失败，才能活出生命的精彩。但转而一想，不行，这又是理想主义！按照现在通行的世俗观念，只有所谓的"成功人士"来办班，才有市场。自己没有耀眼的光环，也没有人帮你包装。即使你肚子里有料，也没有人请你登台表演，为你喝彩。再说，不经风雨，难见彩虹。人生如果没有屡扑屡起的经历和体验，那还有什么乐趣和意义？

究竟做些什么呢？他的思维短路了。于是他漫无目的地继续前行。有时候行走在不同城市、乡村的街头、公园、广场，看到同辈前后的人，大妈们热衷于跳广场舞，虽然非议较多，但"有谁能了解大妈们的寂寞？"他想。看到大叔大爷们聚集打牌打麻将，"就这样度过余生吗？"他问自己。他自知，他对这两者都不热衷，唯有读书和旅行，才能找到自己的乐趣。他很庆幸，自己有这两个兴趣，让自己的晚年能够优雅地与孤独握手。

也许，这就是晚年应有的人生姿态，他想。

人生有味是清欢

正当石诚思考着应当为社会做点什么的时候，笑天从欧洲旅行归来途经上海时即来看望他。"我这次游走了欧洲几个国家，受到深深的震撼。"笑天开门见山地说。

"哦？是看了欧洲的名胜古迹——英国的大本钟、伦敦桥，巴黎的埃菲尔铁塔、香榭丽舍大街？还是去伦敦西区，巴黎圣母院、卢浮宫亲身体会西方古老的文化？"石诚笑着问。

"都不是。"笑天摇摇头，"这两个地方你可能都没去过，或者是去过了也没太在意。因为它的名气没有你上面讲的那些名胜古迹大。"

"好了，你别卖关子了，快说吧！"

"好！言归正传。一个是伦敦威斯敏斯特大教堂的无名墓碑，一个是巴黎的先贤祠。"

"？"石诚惊异地望着笑天。

"在伦敦闻名世界的威斯敏斯特大教堂地下室的墓碑林中，有一块名扬世界的无名墓碑。其实这只是一块很普通的墓碑，同周围那些质地上乘、做工精良的二十多位英国前国王墓碑，以及牛顿、达尔文、狄更斯等名人的墓碑比较起来，它显得微不足道。让人震撼和因此著名的是墓碑碑文，我都把它的译文抄下来了。"笑天说着把那份抄件递给了老友。

石诚接过抄件，轻声念着：

"当我年少时，我的想象力从没有受到过限制，我梦想着改变这个世界。

"当我成熟以后，我发现我不能改变这个世界。我将目光缩短了些，决定只改变我的国家。

"当我进入暮年，我发现我也不能改变我的国家，我仅仅希望改变一下我的家庭。但是，这也不可能。

"当我躺在床上，行将就木时，我突然意识到：如果一开始我仅仅去改变我自己，然后作为一个榜样，我可能改变我的家庭；在家人的帮助和鼓励下，我也可能为国家做一些事情。然后谁知道呢？我甚至可能改变这个世界。"

"你看，这是不是对我们大多数人的人生都有所启发？"笑天接着说。石诚陷入了沉思。

"关于巴黎先贤祠，大学者冯骥才先生说过：'巴黎真正的象征不是埃菲尔铁塔，不是罗浮宫，而是先贤祠——法国历史名人的圣殿。它是巴黎乃至整个法国的灵魂。'先贤祠里安放着卢梭、雨果、左拉、居里夫妇等众多伟人，'他们所奉献给世界的不只是一种美，不只是具有永久欣赏价值的杰出艺术，而是一种思想和精神。这里没有一个世俗的幸运儿，他们全是人间的受难者。'先贤祠上有一句最激动人心的广告词：'伟人们，祖国感谢你们！'——这对你一直在思考的'人生的意义'有没有参考价值？"

石诚心中受到深深的震撼，同时，对好友送来的"及时雨"心存感激：知我者，笑天也。

送走笑天后，石诚陷入深深的沉思之中：余生不长，不能白来人世间一趟！他想得最多的是，要对得起自己一生所经历过的苦难，首先要能正确对待苦难。中国活得最豪放、最洒脱的大文豪苏东坡先生对待苦难的态度一直被奉为经典：拿得起，放得下！"回首向来萧瑟处，也无风雨也无晴。"经历过大风大浪后，不仅仍然能心静如水，写下多首豁达乐天的千古名篇，而且在因"乌台诗案"被贬黄州后，自身衣食不保，却还心系苍生，为民请命。在被同僚排挤外调杭州后，疏浚西湖，赈济灾民，建医院，筑"苏堤"，造福一方，进一步升华了生命的高度。他那句"人间有味是清欢"的名言，被多少人认为这是人生的最高境界。是啊，这确实是常人难以企及的人生境界。

然而，怎样才能到达这个境界呢？或者说，通往"清欢"之路是什么呢？放下苦难，尤其是刻骨铭心的痛，谈何容易！今天，笑天讲的这两件事和东坡先生的做法给他带来了启发：痛苦和孤独的心灵需要有合适的东西来充填。良田不种就会荒芜，心灵不充盈，痛苦和孤独就会像良田里的杂草一样随时冒出来！而对于他来说，摆在面前的通往"清欢"之路无外乎有三种选择：一是归隐山林，大隐隐于世。现在看来他还"尘缘未了"，割不断报效社会的情丝，不甘心就此谢幕，显然也做不到心静如水。二是继续在尘世中抗争，生命不息，奋斗不止，从奋斗中充实自我，找到生命的乐趣。但后半生的经历和现在的处境都让他感到有点力不从心的无奈。三是效仿先人陶渊明，归入田园，躬耕自食。当然，对于喜欢舞文弄墨的他来说，这田园实际上是纸上方格，在自己喜欢的写写画画中归入自然心性，由此安身立命。梳理好自己的思绪，他想：做有意义的事，尤其是对后人有意义的事无疑就是充实心灵的最好选项。而拙手写文章正好顺应，并且可以更好地磨炼他的心性！萧伯纳说过："人生不是一支短短的蜡烛，而是一支由我们暂时拿着的火炬，我们一定要把它燃烧的十分光明灿烂，然后交给下一代的人们。"如果能从自己经历的苦难中总结出点经验教训来，为下一代的成长提供点鉴戒，即使只发挥点滴作用，也算是对得起自己一生经历的苦难了。

继而他想，在这物欲膨胀、崇尚丛林法则的物质世界，难免会充斥戾气，无端夺走越来越多无辜人的快乐与幸福。现在应该吹一吹清雅之风了。面对社交渐死、内卷日盛所形成的孤独和焦虑，现在应该思考和探究如何在生命的荒原中寻找和培育一片绿洲，给心灵留下一块栖居地。但他知道，他人微言轻，以自己的微薄之力践行如此艰辛使命，无异于精卫填海。可即便如此，位卑未敢忘忧国。经过一番权衡比较，他决定写书。他要把自己所见所闻的经历，特别是对待劫难的心路历程都真实地写下来，留给后人，让后人了解共和国成立后波澜壮阔的历史和几代人不懈地探索和奋斗，重现伟大人性的光辉；同时把自己经历的独特的生命体验写出来，拂去历史暗角的面纱，警示和寄语后人，算是为祖国的未来——年轻人和孩子们做点力所能及的事，也算是自己所能为这片土地做的最后的贡献了。这是他来到人世最后的使命，也是他留给社会的最后贡献。

在与阿呆等一帮年轻人结为忘年交后，了解到当下的社会，尤其是手机不离手的年轻一族所看的电子书大都是感官刺激、及时行乐和生命无意义的西方奢靡文化，面对这些文化正在三百六十度无死角地侵害着阅历不深的青少年的现状，他愈加坚定自己的想法，愈加感到自己肩头所肩负的使命和责任。他要全力以赴，不负时代与历史的托付！

尾 声

石诚向阿呆深情地讲述完他的过往，深深地吸了一口气，意味深长的像是自言自语，又像是对身边这个年轻人说："往事不可追，当下才最重要！"

犹如一语惊醒梦中人，早就被点燃的青春之火一下子在阿呆胸中熊熊燃烧起来。他神情庄重地对眼前这位饱经风霜的前辈说："我明白了，奋斗的人生最美丽，奉献的生命更高贵！我决定重返那没有硝烟的战场，在更大、更适合自己的舞台上，用自己的青春热血、一技之长去书写无怨无悔的人生。"石诚则也在回顾过往中升华了自己，重新收拾好心情再出发。

一旦有了确定的目标，他就如饥似渴地阅读中外经典名著，从人类文明的瑰宝中汲取营养，把余生的全部精力用在思考人生意义、探究生存智慧上。在大多数人退休后都在为排解孤独、打发时光而犯愁的时候，他却只感到时间不够用，要向老天要光阴。

他深信，只要奋斗，什么时候都不晚。如果能对社会有点用，他会像那些为国奉献毕生精力的老科学家们那样，在燃尽自己后安然谢幕。

然而，与他内心的激情与强大相比，他的身体却每况愈下，多年前落下的老胃病发作，他不得不回到玉成所在的城市静养。

十月末的一天，秋风萧瑟。他现在居住的玉成搬迁后留下的地处城郊的老房子门前，几天前还弥漫着生命活气的梧桐树叶开始随风飘落，只有小区花坛周边的冬青树倔强地生长。枝头，乌鸦几声"哇——哇——"的粗劣嘶哑声，徒增了几分凄凉。迟迟从云层里露面的太阳，似乎又给大地带来一线生机。偶尔才会有大雁飞过的鸣叫声，给深秋蒙上了一层神秘的面纱：是对温暖的向往，还是与故土深情的告别？

这天，石诚躺在床上，思绪万千。秋天本来是他最钟爱的季节，它虽不像春天那样百花争艳、五彩缤纷，也不像夏天那样生机勃发、热烈奔放，甚至也没有冬雪那么洁净素雅、令人向往，但它在他心中却是最美的。小时候，秋天有金色的田野、成熟的瓜果，象征着丰收和喜悦；长大后逐渐知道，秋天还表征着人生的成熟，经过风霜浸染的生命就像那一树金黄，纵然即将飘零，亦将绽放出别样的光彩，奏出生命最华美的乐章。秋天，天高云淡，还可以神清气爽地优雅从容再出发。然而现在，就像一片片飘落的树叶无法挽留一样，随着时间一点点地流逝，一切对他都将不再具有意义。他将目光转移到窗前，毫无表情地看着从窗户溜进来的几缕阳光。

儿子玉成请假，将一生辛劳的父亲送往医院检查。第二天，玉成单独去医院了解胃镜手术检查结果。看着冰冷的胃镜活检报告单上"胃癌晚期"四个字，玉成如五雷轰顶，两行眼泪夺眶而出。此时他才真切地感受到"子欲养而亲不待"的残酷与无奈。他伤心、后悔和自责，一时间不能自己。心情稍微平静后，他才意识到他是家里的顶梁柱，应该镇作起来。于是他在回家的路上努力调整自己的心态，尽力使自己保持镇定。到家后，他按照平常的步速走到正在书房看书的父亲跟前，先深吸一口气，然后轻描淡写地说："爸，检查结果不太好，是萎缩性胃炎，医生建议要住院进一步检查，我也是这么想的。"

听到玉成这么说，石诚微微一怔，突然意识到什么。一向精细的他并没有向玉成索要胃镜检查报告单，只是若无其事地对玉成说："医生的话要听一半不听一半。我的胃病也不是一年两年了，自己的病自己清楚，这是'季节病'。过了秋冬，明春一到，我将又是一条好汉！先在家里调养一段时间再说吧。"

其实，对于这次犯病石诚多少有点不好的预感和心理准备。与以往的反反复复不同，这次他无论怎样调整饮食起居则都不见好转，只是他一直都没有直面这个现实：在一年前单位例行检查时医生就警告他要尽早住院治疗，否则预后不好。他想，得了这种不治之症，住院治疗就是烧钱，到头来大多是人财两空。他觉得拖欠孩子太多，而玉成现在工作上正处爬坡阶段，孩子又小，还要照顾岳父母。自己虽"为官"一生，但两袖清风，没给孩子留下什么积蓄，不能再拖累孩子了。另一方面，时不我待，他要和死神竞跑，尽快完成最后的夙愿。他同时也坚决反对过度治疗。认为那是浪费钱财、浪费生命。他不能在医院耗着，而要把老天爷留给自己屈指可数的时间加倍利用起来，在做有意义的事情中走完这一生。

玉成听着心如刀绞，口中却说："也倒是。不过这萎缩性胃炎在医院调养要比在家好，毕竟有专业医生指导。"

石诚哈哈一笑："专业医生指导?！人说'久病成良医'，

这方面我可是'专家'嘞。放心吧，我的命大着呢，死不了！我还打算明年夏天带着我的孙子到厦门去看大海嘞！"嘴上这么说，心里却有另一个声音在低泣："孩子呀，我是多么想再多陪陪你们啊！孙子要看大海的愿望就只能由你这个当爸爸的来帮他实现了！"

得了重疾后，石诚要回到承载他少儿时代全部欢乐和美好回忆的自家老屋看看。车行在一望无际的江淮平原上，目之所及，都是一片金色的海洋。扑面而来的，是令人心醉的稻谷芬芳。路边新建的小学校舍书声琅琅。一幅"呵护祖国的花朵，托起明天的太阳"的横幅标语在绿树环绕的校园前格外醒目。记忆中"晴天一身灰，雨天一身泥"的乡村马路早已为宽阔的水泥路替代，以前路上那些污水和牲畜粪便也早已不复存在，取而代之的是间隔摆放的成双成对的绿色分类垃圾桶。沿路直立的太阳能灯杆宛若列队的卫兵一直排列到看不见的远方。远望玉泉山，宁静而悠远，山间缭绕的薄雾与天空缥缈的几朵白云构成了一幅青秀渺然的水墨画。

"变了，变了，变化太大了！现在的农村真可称得上是名副其实的'美好乡村'！"家乡的美景让老人心旷神怡。

"老爸，景由心生。看来您今天心情很好啊。"儿子玉成边开车边说。

"是的。一位哲人说过，经过漫长的人生历程，得到许多也失去许多之后，晚年可能发现年轻时候的天真烂漫和无畏追求才是最令自己愉悦和心醉的。家乡有我当年的'金戈铁马'，有我曾经的青春年少、意气风发。"石诚的脑神经马上连线到当年那段无忧无虑的岁月。

"不过，和我们小时候比，在收割过的田野上，没有拾稻穗的孩子们，也难见村村户户的袅袅炊烟，乡村缺少那么点烟火气。"石诚不无遗憾地说。

"现在农村的年轻人，早早就进城打工挣钱了，谁还留在家种那一亩三分地？机械化代替了劳动力，液化气灶代替了柴火灶，社会在进步呗。"玉成轻描淡写地说。

"是啊，那个'一家有事全村帮'，邻里间相互守望的时代一去不复返了。"说着，他们已在村口下车缓步向自家老屋走去。环顾左右，一幢幢两层或三层白墙红瓦的小楼比肩而立，自家当年那个惊艳全村的老屋夹在其中显得有些破落不堪。抬眼望去，门前那棵他出生时就有，不知祖辈们何年何月栽的甜枣老树披着满身风霜，依旧苍然而立，勾起他儿时攀上攀下摘枣解馋，转前转后围着树干躲猫猫的久远记忆。只是，老树下邻里乡亲们早晚餐时，集体劳动间歇时聚集在一起的朗朗笑声没有了，左邻右舍也都只见楼宇不见人。来到屋前触景生情，一种苍凉和失落感涌上心头。凝望着挂在堂前慈祥地看着自己的父母遗像，他心中无比酸楚：这两位一辈子热心助人，也得到邻里无数次相帮，让家里家外常年欢声笑语不断的双亲都走了，留下这孤独的老树、无言的老屋。"此生最大的遗憾是没有好好地孝敬父母！"满眶泪水模糊了他的双眼。他边擦眼泪边对身边的玉成说："好好活着，才是对父母最大的孝。儿女活得好，父母才能活得心安，死后安息。"说着几度哽咽。玉成赶紧搀扶着父亲踉踉跄跄地走出老屋。

舍不去的家乡情，抹不去的青春记忆。父子俩看过邻居叙过旧，上坟祭拜后，就在堂兄弟家小住一晚。为了了却心中抹不去的缺憾，石诚提出第二天要再到玉泉山看看。

第二天一早，丽日高照。玉泉山慢慢掀开薄薄的面纱，以绰约的风姿迎接四面八方来的游客。现在的玉泉山早已开辟为风景区。石诚还想如当年那样徒步登山，沿途观景，但玉成坚持乘坐缆车直接登顶。

这座对他来说再熟悉不过的山岚，此时似乎有着别样的景致：三五成群的年轻人有的敞开外衣，有的干脆把外套系在腰间嘻嘻哈哈沿着山间崎岖小道不紧不慢地登山；拖儿带女的三口或四口之家大都乘坐景区缆车直接登顶，稍大的孩子在家长的陪同下沿着旅游登山道路拾级而上；还有一辆辆各色各样小轿车、商务车载着条件较好、无心或无暇顾及身边景色的游客沿着盘山公路蜿蜒上山。

如果细细看去，还能看到山下游客服务中心广场和山间道路两侧零星散布的戴着橘红色帽子、穿着橘红色马甲的志愿者和清洁工人们在熙熙攘攘的人群中来往穿梭，他们一手拿着长钳、一手提着垃圾袋在清理游客不时丢弃的垃圾。看着这充满生机和活力的人间画卷，他多少生出留恋人生的情思。

此时，他又想到了当年在此带领民兵训练时那激情澎湃的岁月，不禁感慨万千。

是啊，生活本来是美好的，过好过不好这一生，全看你怎么选择前行的路了。他天真地想：要是自己的一生能够重来，会怎样度过呢？是咬定目标，一举登顶，阅尽天下景色，还是猎奇探渊，信步前行，于无为之中体验自在人生的乐趣？看来，不同的选择就会有不同的人生。然而，欲成就大事，为社会做出大贡献，就要有一举登顶的勇气和智慧。而要活得自在，活出自我，则可率性而为，演绎平凡人生。总之，无论哪种活法都需要用心投入，躬身践行，这样才可能对得起我们这短暂而充满风险的一生。他觉得，应该将自己的人生感悟和玉成说说了。于是他招呼正在左右取景拍照的玉成过来坐到自己身边。

"小时候，我常常随着你爷爷奶奶上这座山砍柴做柴火，摘野果子卖给药店换点油盐钱。有时也和小伙伴们上山挖野菜。那时候从没觉得这山有多好玩。只觉得这山是那么高，山下那个小水库是那么大。以至于几个稍大点的堂哥堂叔们能游过对岸，我们就特别崇拜。后来走的地方多了，看的山和水也多了，看这玉泉山和玉泉水库简直就是一座土山包和一汪池水，不值一提。你知道我现在再看这山这水是什么感觉吗？"

没等玉成开口，他接着说："历经沧桑后再看这山，感觉这山有着别样的美。你看，这一抹平原中突兀这么一座山，常年郁郁葱葱，无论春夏秋冬，草枯稻黄，它都是万顷之中一点绿，让大地一年四季都充满生机。还有那玉带河如绿丝带环绕，玉泉水库如玉佩点缀其中，常年川流不息，活泼恣意，使这山水都具有了灵性，让人感受到大自然的神奇与美好。"

玉成觉得爸爸今天心情好，可能是童年的往事勾起他幸福的回忆。其实不然，是石诚触景生情，由这山水想到了这世界，再由此想到了人生。

"这世界本来是美好的，虽然有'几家欢乐几家愁'，但老天至少对我是公平的。我这一生虽然也屡遭不良政客和商人的欺骗，但能够有一个与那个火热年代同欢共舞激情澎湃的青春岁月，能够非常幸运地在那些杰出的领导人麾下尽情挥洒地工作，这不是所有人都能碰到的运气。遗憾的是，老天爷给了我无数的机遇，为什么我大都与它们擦肩而过呢？"

他自问自答："你看这山，历经风雨岿然不动。这就是定力。而我呢，稍遇挫折或稍遇诱惑，当然这个诱惑是干事的舞台，就改弦更张。'此处不留爷，自有留爷处'，一时的快感或冲动换来的是双倍的努力与奋斗。这就涉及自己的眼界和初心。"

石诚顿了顿，继续说："一部被全世界追捧的书——《牧羊少年奇幻之旅》讲的是一位商人的儿子慕名来到一座藏满奇珍异宝的美丽城堡里，请教一位智慧大师如何获得幸福的故事。大师要他参观城堡时手里拿着滴了两滴油的茶勺。参观完毕后，面对徒手而归的少年，大师给予了这样的忠告：'幸福的秘密就在于，既要看到世上的奇珍异宝，又要永远不忘记勺里的那两滴油。'"

"还有这水，该转弯时就转弯，该沉寂时就沉寂。浅水细流和静水深潭各有妙处。你还记得刘邦和项羽垓下之战的故事吗？关于项羽兵败自刎乌江，宋代女词人李清照有一首著名的《夏日绝句》……"

看到父亲转头望着他，玉成答道："是不是'生当为人杰，死亦为鬼雄。至今思项羽，不肯过江东'？"

石诚点点头："对。而晚唐诗人杜牧的《题乌江亭》意思却与之大相径庭：'胜败兵家事不期，包羞忍辱是男儿。江东子弟多才俊，卷土重来未可知'。年轻时我是赞成李清照的，因为那时血气方刚，认为男子汉大丈夫，宁愿站着死，不愿跪着生。现在倒更能理解杜牧，主要原因是现在的眼界、心胸和气度都比原来大了，特别是，遇事会想到肩头的责任和使命。西方作家 J.D 塞林格说过：'一个成熟男子的标志是，他愿意为了某种事业卑贱地活着'，不知项羽在自刎前有没有想到过养育他们的江东父老？如果他意识到自己肩负的神圣使命或者心中有个远大战略目标，他都不应该走这条路。"

"其实，人生的很多屈辱，能够走出来的往往就在于一个'忍'字。所以有'大丈夫能屈能伸'的古话。"

说完这些，他意犹未尽，觉得还有几点希冀需要对玉成交代。于是，他深情地对玉成说："爸爸这一生颠沛流离，了无建树。唯一感到欣慰的是你们都能健康成长。我希望你们能够传承从你爷爷奶奶时开始形成的我们石家良好的家风：'勤奋、节俭、奉献'。我尤其要强调一下'勤奋'。所罗门王说过一句十分耐人寻味的话：'你见过辛勤工作的人吗？这样的人应该与国王平起平坐'。但你们不要像你爸爸我一样，认为自己什么事都能干，结果一事无成。

"所以，我对你和我石家后人提几点希望：

"第一，欲望要小。东坡先生临终前给儿子写了首《庐山烟雨》：'庐山烟雨浙江潮，未到千般恨不消。到得还来别无事，庐山烟雨浙江潮。'人们大都将其解读为这四句诗道尽了人生的三重境界。但我体会，关键的还是中间那两句话：什么东西，没有得到的都非常美好，真正得到了也就那么一回事。再说，人的欲望是无止境的。我们老家有句俗话：'肉，越吃越馋，火，越烘越寒'，在追逐欲望中活着，人就很累。这个世界充满着诱惑，懂得节制，才会有自在人生。

"第二，要有自己独立的思想。李清照和杜牧关于项羽兵败的诗，站在各自的角度看都有道理，关键是要学会审时度势，不要被人言所左右。我们前辈中有一个大学者叫陈栋生，他工作四十多年，走了四十多个国家，得出一条人生经验，就是干什么事情，都要想到自己脖子上还有个脑袋。人生要有定力，梦想贵在坚持。人生苦短，必须对某件事情倾注深情。你们要相信《牧羊少年奇幻之旅》中反复强调的一条真理'当你倾力去干一件事时，整个世界都会来帮你'。正所谓'有志者，事竟成'。

"第三，对己要严，待人要宽。严于律己，才能服人。对人苛刻，就没人与你同行。心胸宽大是成就美好人生的重要品质，古话说'宰相肚里能撑船'。懂得欣赏别人的优点，你的人生才会充满阳光。

"第四，己所不欲，勿施于人。要守住人生底线，不可做伤天害理之事。待人接物，婚姻家庭，要以对方能够接受的方式，最好是以对方喜爱的方式。懂得'换位思考'，你才会成为受人欢迎的人。"

细心的玉成，不仅默背下来，还用手机做了录音。

当得知他竭尽心力写就的生命之书终于出版时，石诚如释重负，脸上现出了久违的笑容。

恰如一位哲人所说的，由许多痛苦煎熬出来的欣慰可能是更大的快乐。这天，正好是周末。他突然来了兴致，如平时对儿孙们谈天说地一样的对玉成及在场的孙辈们说："英国哲学家罗素说过，对于一位经历了人世的悲欢、履行了个人职责的老人，害怕死亡就有些可怜且可耻了。我热爱生命，但也不惧怕死亡。我来到这个世界上，努力过，奋斗过，虽然没有干成什么事业，但也没有虚度年华……我被时代宠过，也被时代抛弃过。但当我不断反躬自省，调整人生姿态后，又重新被社会需要……我比大多数人更多地体验和享受了这个世界，并在回报这个世界中享受到诸多人生的乐趣。这一路走来，我从未如此的感恩老一辈革命家为我们缔造的这个和平盛世，如此的珍爱这个虽然充满风险但却值得一过的美丽人生。"

言毕，他话锋一转，平静祥和地对一旁的儿孙们说道："我哭着来到这个世界，现在我要笑着走完这一生——我要举办一个'生前告别会'……对！趁我还活着的时候和亲友们告别。……我来到这个世上，从没有浪费生命，此生没有太大的遗憾，唯有一事放不下，就是那些帮助过我的亲友。我要当面向他们表达我衷心的感谢。"

在场的亲人们无法理解老人的奇怪想法，认为那是在预支悲伤。唯有玉成深知父亲。他想，父亲一生坎坷，但始终热爱生活，因为在他生命中始终有一片不被侵蚀的绿洲。无论是狂风大作，还是烈日当空，他都能在绿洲的守望与耕耘中找到自己的平衡点，享受自己内心的淡定与清凉。他这本

《守望生命的绿洲》书就是他心灵的写照，也是他奉献给世人的一朵生命之花。死，对于父亲而言，只不过是他面对未知世界的又一次再出发。于是他郑重地点头应诺。

接到电话就来的笑天为了缓和一下沉重的气氛，不无幽默地说道："看来，我的这位老友要将人生演绎到高潮时谢幕……"

石诚看着陆续到来的亲友，接着笑天的话说，"是的，也可以这么说。不过，今天请大家来搞这个'告别会'倒不是想标新立异，而是想在和大家永别前亲口向在我迷茫时给我指点，在我艰难时向我伸出援助之手的至亲好友们道声'衷心的感谢'！"

此时，他将目光定格在笑天夫妇和亦满夫妇这边："上苍是公平的。你们在帮助别人的同时，积了德，一个个事业顺畅，家庭圆满。这可是我们石家后人效仿的榜样啊！"说这话时，他看着儿孙们不无愧疚。

笑天接过来说："你的人生也很丰满。至于遗憾，谁家都有一些。我总感觉到，冥冥之中有双手在操控着我们。有些事非人力所为，过去的就过去了，不要太较真和自己过不去。"石诚轻轻点头。

笑天继续说："古人早就说过，功名富贵终究要附之一抔黄土，唯有躬耕精神家园才能荫及全家，泽被后人。你留给下一代的精神财富却是取之不竭，用之不尽的，这不也叫'功德'吗？"

与懂自己的人对话，比一场迎来送往的盛宴要有意义得多。老友的一席话解开了石诚多年的心结。他是一个农村出来的孩子，"学习、奋斗和探索"是他一生的标签。当他感到在一个地方施展不了拳脚的时候，就义无反顾地跳槽到另一个地方重新开始。不了解他的人大都认为他在瞎折腾，其实他只是想找个能单纯干点事的舞台。无奈，因为他做事、做人都太认真，说话太直率，适应不了这个复杂的社会，最终都未能如愿。后来他认识到这一点，就恶补"情商"这一课，这才有笑天的"躬耕精神家园"一说。

他就这样仿佛置身事外的和笑天他们谈"别人家的事"一样，时而兴奋，时而伤感。在笑语人生当中，还不忘时不时地把孙辈们逗得开心大笑。此时，他多么想再抱抱他们啊！但，理智告诉他：不能！那样他会崩溃的！再说，他也不想拖着病体抱孩子们。看着强作欢颜的父亲，玉成强忍着自己的泪水不让其溢出眼眶，努力配合着爸爸在孩子们面前演双簧。唯有儿媳在一旁暗暗地抹泪。

又是一个周末。早饭后玉成夫妇带着孩子们早早来到老屋看望父亲。让他们感到惊异和不安的是，父亲没有像往日那样在门口迎候他们，而且大门紧闭，一种不祥的预感涌上玉成的心头。他一边掏出钥匙急急地开门，一边"爸爸，爸爸"的喊着。孩子们也"爷爷，爷爷"地一声声呼喊着。然而，屋内屋外，除了他们的回声外，根本听不到任何回应，更不见石诚的踪影。玉成彻底慌了，赶紧跑出去询问左右邻居有没有看到他爸爸，邻居们也是一脸茫然，均摇头不知。他拿起手机赶紧给父亲打电话，得到的回应是连续不断的

"你拨打的号码是空号"的语音。他又先后拨通了笑天、亦满叔叔和阿呆等父亲好友的电话询问父亲有没有去他们那里，或是有没有与他们联系过。大家都感到意外。笑天叔叔安慰玉成说："看来你爸爸对这事早有准备，不用担心。事情既然发生了，就要冷静面对。"他要玉成他们不要病急乱投医，一切等他过来再说。玉成稍稍定了定神，返身屋内，这才看到爸爸床头柜上有一个未封口的信封，他迫不及待地抽出信纸打开一看，霍然几行字映入眼帘：

"玉成吾儿：我已决定遵从自己的内心，去我没去过的新疆、西藏，那是最有祖国味的地方。我想在一望无垠、天地一体的大草原上肆意奔跑，感受尘世的天高地广，在茫茫无际、耸入云天的大雪山上引吭高歌，体味人生的辽阔深远，再去看看西南边陲的美丽山水，在我心安处永久的栖居。——我们父子终要分离，你们不要难过，更不要去找我。就让我在还能自由行走时再在人间潇洒走一回。"

他不想让亲人们看着他身上插满管子痛苦地离世，也不想在家等死，拖累家人。他就这样毅然决然地走了。这让玉成更加心酸。

他强忍住泪水继续往下看：

"你们放心，我不会做傻事的！我是要在身心安宁中走完这一生。相信你能带领家人好好生活。记着：我孙子明年要看大海的事！父亲。"

这些许减少了玉成的痛苦和不安。玉成接着看第二页，是一张打印的"告后人书"，他不禁轻声念出来：

"玉成吾儿：我穷尽一生思考与践行，如何善待我们的生命，略有感悟。我石家后人当记住：

"我们生而为人，每个人都有一个独特的生命。如何过好这美好而又充满风险的一生，离不开身体的历练和灵魂的修行。美好的人生要有强健的体魄来支撑。这是我们游走世界、了解社会、报效社会的根基；有趣的灵魂要用知识来滋养，爱心来陪伴。这是我们认识世界，融入社会，打开幸福之门的钥匙。

"然而，只有当我们献身于社会，让更多的人因为我们的担当与奉献而获得幸福时，我们的人生才会过得充实而有乐趣，我们的生命才会丰盈而美好。"

殷殷的嘱咐，深深的父爱，玉成和全家人都哭了。

正当玉成他们悲伤不已，不知所措时，突然远处走来一位中等身材、发髻高挽，一身淡雅穿搭的中年女子。她手捧一束红色康乃馨向玉成他们疾步走来。她自我介绍说，她是石大哥在上海工作时的同事。她从半山湖朋友那里得知石大哥生病的消息后，就马不停蹄地赶来看望。当得知石诚已离家出走后，她的眼眶里立马溢满了泪水。

这时，玉成爱人从另一侧床头柜抽屉里找出了一个软皮笔记本和夹在其中的一支早已失去亮泽的紫红色菊花。她脱口而出地说："爸爸怎么没把这个带走？"玉成一看，这是爸爸生病后常常对着发呆的心爱之物，随即一个问号在脑海闪现："爸爸这是彻底地放下，还是……"

中年女子走近一看，瞬间像触电一样怔住了：那是一本和她在浙江考察时送给他的软面抄一模一样的笔记本（那时她看到石总用的普通练习本已破旧，就去买一个高级一点的软壳笔记本送给他），那是一支与她那天在秀水河边信手摘下送给他的紫红色菊花一样的标本！难道这二者都是巧合？

这时，玉成打开笔记本，扉页上一首《咏菊》诗展现在大家的眼前：

十月风轻落叶忙，但见黄花正怒放。

多情诗人少咏菊，无语花木自有芳。

不与百花争春艳，独占秋后一段香。

三月桃红诚可爱，毕竟秋夏日月长！

中年女子突然像是被什么东西蜇了一下，猛的抽泣起来。她接过玉成递过来的笔记本，看着笔记本壳背面透明塑料封里夹着的她在秀水河畔给石诚拍的他对着她笑容灿烂的照片时，再也克制不住自己，胸口剧烈地起伏，眼泪像断了线的珠子滚滚而落。她口中喃喃地说："石大哥，'冬菊'就是你心中的那个菊蕊啊。你早有这个心，为什么不说呀？为什么?!"玉成他们见状都退到了一边。

"石大哥，你知道吗，出了那件事以后，为了孩子，我曾努力尝试与老马维持下去，但无论我怎么做，老马都对我失去了热情，心思仍然放在那个女人身上，我对他也渐渐没了感觉。这是不是就像林徽因说的'只有灵魂相近的人，才能看到彼此内心深藏的美丽'？你说呀！你倒是说呀！"她用手轻轻地拍着此时犹如石大哥本人对着她开心笑着的照片。

和马东野分手后，她有多少话想对这个大哥说呀，她又多么想让这个睿智的大哥再给她指点指点啊！

慢慢地，她冷静下来，喃喃自语："其实，我早就怀疑那个微名'秋水'的人就是心境如'秋水长天'的你！可我怎么也不相信你会出现和我妈她们这些人一样的过失！"当然，她更不会想到石诚会有那个"侥幸和贪心是一切祸端的开始"的自省。

此时，她的心在滴血："当年我就应该遵从自己的内心，不该走错那一步！"她一边自责，一边不住地摇头。虽然没有呼天喊地地大哭大叫，却让人感到她正在承受着那种痛彻心扉的煎熬。

"你要有事，我该怎么办好啊？"她怔怔地看着那支紫红色菊花，突然像是顿悟到了什么："对！这次我再也不能错过了！石大哥，就让我来陪你最后一程！"说着，她急急地告别正在商讨寻找父亲方案的玉成他们，快步向来时的路走去，留下那束红色康乃馨与紫红色菊花相伴。

闻讯赶来的阿呆远远看到这一幕，受到深深的震撼：天长地久，人生苦短。难得人世间有如此真情！唉，人生能得一灵魂知己，夫复何求？！